JN307435

二見文庫

兄嫁・真理子の手ほどき

深草潤一

目次

兄嫁・真理子の手ほどき

第一章　兄嫁の指

1

　大型連休の最後の土曜日、夕刻までまだ少しあるせいか、スーパーの食品売り場はさほど混んでいなかった。達也はカゴを手に取って、里菜《りな》に続いた。買うものはすべて彼女に任せている。

「肉や野菜は下のフロアだからね。あと魚も」

「レジは下にもある？」

「あるよ。どっちでも、まとめて清算できる」

「調味料や香辛料が充実してる。普通のスーパーでも、こんなに揃ってるのね」

里菜は並んでいる商品をチェックしながら、フロア全体を見回してどこに何があるのかを頭に入れている。これから何度も通うことになる売り場を、いまから把握しておこうというのだろう。晩の料理を作ると言いだしたのは、そういうことも考えた上だったに違いない。

結城達也《ゆうきたつや》は二十八歳、機械メーカーの東京本社総務部に勤務、横浜市郊外の自宅から通勤している。ふたつ年下の小山内《おさない》里菜は、直属の上司である志賀《しが》部長の友人の娘で、半年前に紹介されて交際を続けてきた。先ごろ結婚を決めて、すでにお互いの親への挨拶はすませた。

最初に志賀に話を持ちかけられたとき、お見合いだなんて堅苦しく考えなくていいと言われたので、とりあえず会ってみると、顔立ちは端正で好ましいのに、生真面目でやや取っつきにくい感じがした。都内の博物館で学芸員をしているということで、学究肌の女性という印象だった。

そんなことで達也には積極的な気持ちはなかったのだが、ぜひ交際してみたいという返事が来て、断る理由も浮かばずに何回か会っていると、少しずつ女らしい面が見えてきた。

とりわけ料理が好きで、家庭的な雰囲気を大切にするようだとわかってから、彼もしだいに伴侶にふさわしい相手として意識するようになった。

ところが、恋愛経験が乏しく、まだバージンだと知ったことで、慎重に構えることにした。この歳まで未経験であることには何の偏見もなかったが、部長の紹介だから迂闊《うかつ》なことはできない、という意識が働いたのだ。

関係を持ったのは結婚の意志が固まってからだ。彼女もそのつもりだったので、最初はやはり儀式めいた感じになってしまった。里菜はそれ以降、早く慣れようという気持ちは持っているものの、まだ恥ずかしさが先に立ってしまうことが多いようだ。

一緒になろうと決めた要因のひとつは、彼女が親との同居を望んだことだった。達也は次男だから元々は家を出るはずだったが、三年前に兄の和彦《かずひこ》が交通事故で亡くなったことで、父母のそばにいて、大切にしなければという気持ちを強くしているのだ。

その両親は大の旅行好きで、明日までの予定で鳥取と島根を巡っている。それで今日は彼女を家に呼んで、一泊していくことになった。といっても、親の留守中にこっそり泊めるわけではない。事前に話をしてあり、母からは台所を好きに使いなさいと言われている。

同居を希望する里菜も、泊まりがてら得意な料理を作って、家に入る予行演習をするつもりのようだ。両親が旅行中なら、そういうことも気を張らずにできるからいいのだろう。

だが、達也はもっと違うことを考えていて、いちばんの狙いはセックスだ。里菜もやはり自宅通勤なので、二人はこれまでホテルでしかしたことがない。だから初めて自分の部屋で、時間を気にせずたっぷり愉しむつもりで彼女を呼んだのだった。

「何を作るか、もう決めてるの？」

「メインはひよこ豆とチキンのトマト煮。ごはんでもパンでもＯＫだけど、どっちがいい」

「だったらパンだな。バケットにしよう」

「それならお味噌汁じゃなくてスープね。ほかに何か卵料理を作ろうと思ってるんだけど……それとサラダも」

卵料理は達也の好物だ。オムレツでもスクランブルエッグでも、何でも好きだ。

「いいね。でも、ひよこ豆なんて置いてるかな……」

「大丈夫。ないかもしれないと思って、それだけは買っておいたから」

里菜はバッグと一緒に提げているレジ袋を示した。そのへんは抜かりがないというか、きちんとした計画性は彼女の性分と言っていい。おかげで職場では若いわりにかなり信頼が厚いようだ。

売り場をゆっくり回っていると、何となく新婚の気分が想像できた。一緒になったら、こうして里菜と買い物に出ては、荷物を持ってやることが多くなるのだろうと思った。

「普段のお買い物は、だいたいここで間に合いそうね。便利でいいわ」

「あと輸入食材の店が駅の近くにあるから、そことここですんじゃうと思うよ」

二人は地階で肉と野菜を選んで会計を終えると、近くのパン屋に寄ってバケットを買って帰った。

帰宅して早々、里菜は自分がコーヒーを入れると言ってキッチンに立ち、薬缶《やかん》を火にかけた。湯を沸かすついでに、どこにどんな調理器具があるのかを確認していく。先日、挨拶に来たときに夕食の準備や後片付けを手伝ったので、多少はわかっているようだった。

料理が得意なので、母の手伝いをしながら、自分でするときのことを想定していたに違いない。コーヒー豆の在処も憶えていた。豆を挽いてコーヒーメーカーをセットするのも、見ているとほとんど迷わずにやっている。

――なんか、このまま居ついても不思議じゃないくらい、溶け込んでるんですけど。

達也はダイニングテーブルからその姿を眺め、胸の内で呟いた。この場に父と母が旅行から帰ってきたところを想像しても、まったく違和感がない。むしろ、彼女がいるのが自然なことのように感じられるのだった。

すると、ふいに既視感が彼を揺さぶりだした。こんな光景を、前に見たことがある。脳の内側からしきりにノックされるような感覚とともに、里菜の姿がゆっくり変化して、しだいに別の女に見えてくる。

――義姉《ねえ》さん……。

目の前に浮かび上がったのは、亡くなった兄の妻、真理子《まりこ》だった。昨年の秋に娘の美和《みわ》を連れて再婚して、いまは坂元《さかもと》という姓に変わっているが、達也は兄が生きている頃から、真理子を一人の女としてひそかに慕い続けてきた。

じつのところ、里菜を紹介されたときもまだその思いを引きずっていて、断れないまま中途半端な気持ちで会っていたのだ。それでも交際が進むにつれて、踏ん切りをつけられそうな気がしてきた。結婚を決めたとき、これでようやく諦めがつくという打算が働いたのも確かだった。

その兄嫁の姿が重なって見えて、達也は少し苦いものが込み上げるのを感じた。

だが一方で、そういえば里菜は背恰好がよく似ていると、今更のように気づいた。緩いウェーブの髪も肩くらいまであって、長さはほぼ一緒。おそらく二人を並べて見比べたら、後ろ姿はそっくりかもしれない。

目鼻立ちはずいぶん違っていて、里菜は切れ長の目と薄いくちびるが理知的な雰囲気をさらに強くしているが、真理子は黒目がちな目元がぱっちりして、ふっくらした下瞼やくちびるが女らしい柔らかさを感じさせる。肌も里菜の方がやや白い。

それでも整った卵型の輪郭そのものは似ているので、あらためて考えると妙な気分になるのだった。

「わたしはまだお客さんのカップね」

お湯が沸くと、里菜は食器棚から達也のマグと来客用のカップとソーサーを出して、薬缶の湯を注いで温めた。

「そうそう、忘れるところだった」

呟きながらキッチンを出て、階段を上がっていく。

少しすると、兄のカップを持って戻ってきた。

「よく気がつくなあ……」

感心したことがそのまま声になって、里菜は照れたように小さく首を振った。和彦の位牌は結婚するまで使っていた二階の部屋にあり、愛用していたカップでお茶を供えているので、一緒にコーヒーを入れてあげるつもりで持ってきたのだ。

先日、挨拶に来たときに兄の部屋を見せると、里菜は小さな仏壇の前に黙って座り、線香を上げた。そういうことが身についている女だった。

背を向けてカップを洗うのを見て、また真理子の姿と重なった。だが、もう苦いものは感じなかった。その代わり、確かに同じ光景を見たことがあるという意識がさらに強まり、脳裡にこびりついて離れなくなった。

家にいるのは真理子と二人だけで、彼女がコーヒーを入れてくれるのを、こうして椅子に座って待っていたのだ。

──あれは、いつのことだっけ……どうして二人だけだったんだ……。

記憶の糸の端がチラッとだけ見えて、手繰らずにはいられなくなった。

昼間だったのは憶えている。季節はいつだったのか。ホットコーヒーだから真夏ではないかもしれない。どんな恰好をしていただろう。

真理子の服装を思い出そうと懸命になった。すると逆に、自分がパジャマ姿だったことを思い出した。

――昼間なのにパジャマ……？

何かとても大事なことに行き当たった気がする。

ふと見ると、そろそろコーヒーが落ちきるというところだった。里菜がカップの湯を捨てて、背中を向けたまま言った。

「もうできるわよ」

その声を聞いたとたん、ものすごい早送りで再生されるビデオのように記憶が甦り、すべてをはっきり思い出すことができた。

2

それは八年前、達也が大学二年生の冬のことだった。

「お鍋に野菜スープがたっぷり残ってるから、お昼に温めて食べてね」

出かける支度をすませた母が部屋に来て、心配そうに言った。風邪を引いて一昨日から寝込んでいる彼を残して、有給の休みを取った父とこれから二泊の旅行に出るところだ。

昨日は食欲がなくて、風邪を引いたときに母がいつも作ってくれる野菜スープを口に入れただけだった。今朝になってようやくパンをひたして食べられるようになったばかりなので、明日のゼミもおそらく欠席だろう。

「夕方、真理子さんが来てなにか作ってくれるっていうから、食欲が出たら少しでも食べておきなさいね。じゃあ行ってくるけど、おとなしく寝てるのよ」

「行ってらっしゃい」

達也は力なく言ったが、母が兄嫁に連絡して来てもらうように頼んだのはうれしかった。しかも、ただ見舞うだけでなく、食事の世話をしてくれるというのだから、病気もしてみるものだと思う。

小さい頃から姉や妹がいる友だちが羨ましかった達也は、婚約の挨拶に来た真理子を紹介されたとき、この人を〝おねえさん〟と呼ぶことになるのだと思うと、胸がドキドキして顔が赤くなってしまった。

どうしてお前が赤くなるんだと、父母や兄に揶揄《からか》われたが、四つ年上の真理子は、大人の雰囲気をまとったやさしそうな美人で、兄嫁になる女性だというのに、ひと目惚れのように心を奪われていた。

結婚後の新居は隣駅のマンションになり、ひとつ屋根の下で生活をともにするわけではなかったが、近いので真理子はよく顔を見せていた。兄と一緒のときもあれば、一人で来て母の手伝いをすることもあった。いずれは家に入ると聞いていたので、その日が来るのを待ち遠しく思っていた。

その兄嫁が世話をしに来てくれるとあって、朝から気持ちは昂ぶっていたが、風邪で弱った体は睡眠を求め、しだいに瞼が重くなって眠りに落ちた。

どれくらい眠ったのか、人が動いている気配を感じて目が覚めた。

「ごめんなさい。起こしちゃったかしら」

真理子が枕元に来て座った。カーテンは閉まったままだが、部屋はずいぶん明るかった。

「いま何時？」

「もうすぐ三時になるところ」

「夕方じゃなかったんだ、来てくれるの」

「一人で寝かせておくのは心配だから、マネージャーに頼んで早めに上がらせてもらったのよ」

結婚を機に真理子は勤めていた百貨店を退職したが、請われてパートタイムで週に四、五日ほど働いている。

「お昼はちゃんと食べた？」

「ううん。寝てた」

「食欲が出てきたそうね。いま、少し食べておく？　それとも夕御飯を早めにした方がいいかしら」

いい感じに腹は空いていたが、おかゆを作ってくれるというので、それなら食べないで待っていると答えた。

真理子は襟元を温かくした方がいいからと言い、掛布団の端にバスタオルを広げて首周りを包むようにしてくれた。

それから小一時間して、おかゆと野菜スープを盆に載せて持ってきた。布団の上で起き上がると、ダウンジャケットを取って羽織らせてくれた。

「なに、これ？」

おかゆの横に、べっ甲色をしたものが器に入っている。汁物でないことは見ただけでわかった。

「おかゆにかける餡《あん》よ。こうやって、かけて食べるの」

とろみのある餡をレンゲで掬い、おかゆにかけてくれる。一口食べてみると、出汁の効いた餡の旨味が口の中に広がった。海苔佃煮や練り梅で食べる母のおかゆとは全然違う味だった。

「美味い！」

真理子は目を細めて、ふんわりと笑った
「よかった。好きなだけ食べて。でも、無理はしないでね」

頷きながらおかゆを口に運ぶと、おいしくて食欲が増すようだった。

温め直したスープは野菜がいろいろ入っている。煮込んで軟らかくなった大根をひとつ食べて汁を啜ると、母のスープが違う味に変わっていた。

「これは……ニンニク？」

「そう。摩《す》り下ろして入れたから温まるわよ。風邪によく効くの」

食べ終わってしっかり布団をかけて寝ていればどんどん汗が出て、すっかり出しきったら熱が下がるはずだという。

「その代わり、キッチンはニンニクの臭いですごいことになってる。しばらく消えないから、お義母《かあ》さんたち、帰ってきたらビックリしちゃうね」

そう言ってイタズラっぽく笑うのが、少女のように可愛らしい。初めて見る義姉の顔だった。兄の前でもこういう表情をするのか、もしかすると自分だけが意外な一面を見ているのかもしれないと、達也は心をときめかせた。ドキドキしてかえって熱が上がりそうな気がするくらいだ。

しあわせな気分で早めの夕食をすませると、風邪薬を飲んで、言われたように首まですっぽり布団に包まった。

キッチンで後片付けをする音は聞こえなかったが、しばらくすると隣の部屋で微かな音がした。兄の部屋は結婚して出ていってもそのままにしてあるので、本かビデオでも見るつもりでさがしているのかもしれない。

――だとすると、まだしばらくは帰らずにいてくれるのか……。

そんなことを考えているうちに、またうとうとと眠気がやって来て、隣の物音はだんだん遠くなっていった。

ふと暑苦しさを感じて目が覚めた。部屋はすっかり暗くなり、蛍光灯の小さな明かりが灯っていた。

全身がポカポカして、布団の中は異様なくらい熱がこもっている。首から顔中に汗が浮いて、パジャマは上も下もぐっしょりだ。真理子の言う通り、摩り下ろして入れたニンニクは効果抜群だったようだ。

首の周りにかけたバスタオルで顔の汗を拭い、掛布団を持ち上げてこもった熱を逃がしても、パジャマが汗で湿っているので気持ち悪い。とにかく着替えるしかなかった。

全身の汗を拭くのに新しいバスタオルを持ってきてもらおうと、思いきって大きな声で呼んだ。

「義姉さーん！」

真理子は居間ではなく隣にいたようで、すぐにやって来て、用件を聞くと階下からバスタオルと、ハンドタオルも何枚か持ってきた。だが、

「まだ汗が出るようなら、もうちょっと我慢して、すっかり出しきってから着替えた方がいいわ」

やさしく言って、首の周りをバスタオルで隙間なく覆った。また熱が逃げなくなって布団の中にこもると、顔面にみるみる汗が滲んできた。真理子は新しいタオルで拭き取ってくれ、そのまま枕元に座り、柔らかな表情で見つめている。

しばらくしてまた汗が浮いてくると、そっと拭いてくれる。そうやって付き添ってくれることがうれしくて、達也は胸を昂ぶらせた。

「まだ汗が出そう……」

真理子は黙って頷いた。汗を出しきるまでそばにいてくれる気がしたので、も

う眠ったりしないと心に決めた。

神経を研ぎ澄ませると、全身の汗腺から悪いものがじわじわ滲み出している、そんな感覚だった。

顔だけは真理子が拭いてくれるのでさっぱりしているが、布団の中はとんでもないことになってきた。パジャマは濡れてべっとり貼りつき、ブリーフはもうぐしょぐしょだ。一昨日から風呂に入っていないので、ペニスは臭くてたまらないだろう。

3

そんな状態がしばらく続いて、ようやく汗が止まったようだった。もう拭いてもらえないのは残念だが、濡れたパジャマとブリーフが気持ち悪いので、とにかく早く着替えたい。真理子に言うと、

「着替える前に体を拭いてあげるから、ちょっとそのまま待っててね」

また階段を下りていった。数分後、お湯を入れた洗面器を持ってきて、タオルをひたして絞った。

「さあ、いいわよ。パジャマを脱いで」

起き上がってパジャマのボタンを外す。熱いタオルで真理子に体を拭いてもらえると思うと、気持ちが昂ぶって指が震えた。だが、丸三日間入浴を控えているので、体臭を気にしないわけにもいかない。

「まだお風呂入れないから、綺麗に拭いてあげるわね」

真理子はまったく気にならないようで、上半身裸になった達也の肩に手を置いて、背中を拭きはじめた。初めて兄嫁の手が素肌に触れた瞬間だった。首筋から頬のあたりがカッと火照ったのは、タオルが熱いからではなかった。

手がしっとりしているように感じるのは、汗で肌がべとついているせいもあるはずだ。汚いものに触れさせていると思うと、引け目を感じつつも、逆に昂ぶりを覚えて体の芯が痺れてくる。相反する感情が同時に湧き起こり、股間がむずむずしてきた。

「温かくて気持ちいいでしょ」

「うん……」

達也の頭の中では〝気持ちいい〟が別の意味を持っていた。真理子はタオルで丁寧に拭きながら、片手は躊躇《ためら》うことなく素肌に触れている。ほっそりしなやかな手指の感触が心地よくて、股間のむずむずが止まらない。

——これじゃ勃起してしまう……。

ペニスは場違いな逞しさを予感させ、パジャマの前を押し上げはじめていた。毛叢《けむら》を振り払う勢いで太く伸びているのだ。

さいわいにして真理子の目には届いてないが、気づかれたりしたら恥ずかしくてたまらない。風邪で寝込んでいるにもかかわらず勃起させるなんて、欲求不満と思われかねない。

もっとも、いまカノジョがいないことは、真理子はうすうす気づいているだろうから、欲求が溜まるのも仕方ないと思ってくれるかもしれない。まだ童貞なのを知られるより、その方がマシだ。

「腕を上げてちょうだい」

「……ああっ」

腕を持ち上げて腋の下を拭かれたので、くすぐったくて思わず体がくねってしまい、声が出た。

「ごめんなさいね。でも、綺麗に拭かないとだから、ちょっと我慢するのよ」

身を捩《よじ》る達也を、笑いながら窘《たしな》める。やさしいのはいいが、まるで幼児を相手にしているみたいだ。体をくねくねさせるのを面白がって、わざと腋の下を強く拭ってまた笑う。

「あっ……ああ……」

「なんなのよ、変な声なんか出したりして」

悶えるように声が裏返っても、真理子は平然と明るく言い返した。だから妙な雰囲気にはならないが、いちゃついている気分を味わえて、達也は舞い上がりそうだ。

もう片方も強く拭かれると、くすぐったさがツボに入って、本当に身悶えしてしまった。

――だめだよ、そんなにくすぐらないで！

喉まで出かかった言葉を呑み込んだ。どんなにくすぐったくても真理子に拭いてもらう方がいいに決まっている。じゃあ、あとは自分でやって、などとあっさり終わりにされたら元も子もない。

「はいはい、じゃあ今度は、前も拭いてあげましょうね」

まさに幼児相手の口調になり、もう一度お湯にひたして絞ったタオルで、首筋から胸元を拭いていく。

達也はハッとして、咄嗟に手をだらりと前にやり、股間の盛り上がりをカムフラージュした。

「さっぱりして気持ちいぃ」

「最後に乾いたタオルで、もう一度拭いてあげるね。もっとさっぱりするから」

何か話をして股間から注意を逸らそうとしたら、本当の姉のようなやさしさを感じて胸がキュンとなった。いや、本当の姉弟だと、逆にここまでやさしくはないのかもしれない。血縁のない兄嫁と義弟だからかえって親身になれるのだとしたら、もっともっと甘えてみたくなる。

「たっぷり汗かいて、熱はかなり下がったみたいね」

真理子は首筋にぺたっと手を触れて、体温を確かめた。

「ずいぶん楽だよ。ニンニク摩り下ろしたのが、本当に効いたみたい」

ドキドキして声がかすれそうになったが、真理子は満足そうに頷いて、肩や腕、胸などあちらこちらを何度もぺたぺた触るので、息が苦しくなるほど昂ぶりが増した。すると、ふいに小指の先が乳首に触れて、甘美な電流が背筋を走り抜けた。

「んっ……」

体がぞくっと痺れて、思わず声が出た。ペニスにまで響いて、みるみるうちに硬く反り返った。

慌てて真理子の表情を窺うと、口元が微かに笑っている。男なのに乳首が感じるのを笑われた気がした。

さらにぺたぺたやってまた乳首に触れると、今度は身構える気持ちでいたにもかかわらず、気持ちよくて腰がくねってしまった。かろうじて声は出さなかったが、妙なくねり方をしたと自分でも思った。ペニスもガチガチで、恥ずかしくなって思わず目を逸らした。

すると、彼女の手はすぐに胸元から離れ、腹部に移ってまたタオルで拭きだした。最初は面白がってやったものの、思いのほか反応がなまなましくてやめたのかもしれない。

達也としては、恥ずかしいのにもっと続けてほしいという、マゾヒスティックな心境だったが、腹周りを拭いてもらうことで、新たな羞恥に見舞われた。

「この手をちょっとどかしてもらっていいかしら」

さり気なく股間を隠している手が、脇腹を拭くのに邪魔なのだ。拒むわけにもいかなくて手をどけると、もっこり棒状に盛り上がった股間が露わになった。

真理子が息を呑んで、手を止めた。すぐ拭きはじめはしたが、何も見ていないといった様子で黙っているから、かえって股間の膨らみを意識しているように思えてならない。

脇腹までぐるりと拭き終わると、真理子は乾いたタオルで肩から背中、腕を拭いてくれる。前に回って胸周りも拭くが、乳首は慎重に避けていた。

沈黙がしだいに重く感じられてきたが、股間の強張りは一向に弱まらない。義姉に気づかれてしまうと、羞恥はいつの間にか昂ぶりに変化していた。義姉が股間を意識しているのがわかって、もっと見てほしいという願望が烈しく湧き上がってくるのだ。

乾いたタオルでひと通り拭き終わると、真理子は新しいパジャマを手渡して、達也が袖を通す間に、タオルをまた熱い湯にひたして絞った。

「下は拭いてあげるわけにはいかないわね。あっち向いてるから、自分でやってちょうだい」

すっかり元の口調に戻っていて、あっさり背中を向けてしまった。

仕方なく布団の上でパジャマのズボンを脱ぎ、ブリーフも下して膝立ちになると、ペニスが天を衝いて聳り立った。

弓の形に反った肉棒と、一メートルと離れていない真理子の背中を見比べて、異様な昂奮に包まれた。ちょっと振り向いてくれれば、勃起を間近で見てもらえる。童貞のくせに、というか童貞だからこそ、そんな空想で猥褻感をかき立てるのだった。

三日も洗っていないペニスを握りしめ、その手を嗅いでみる。烏賊のみりん干しに似た異臭が鼻を衝き、さらに皺だらけの嚢皮《のうひ》を擦って嗅ぐと、それはもう精液臭そのものだった。

自分の臭いだからいくら臭くても平気だが、真理子に嗅がせたらどんな顔をするだろう。想像を膨らませながらペニスを握ると、自然に手が動いた。背を向けているとはいえ、間近でしごくのは刺激的で、ますます硬く反り返っていく。

真理子の背中に向かって擦っていると、

「体が冷えないうちに、早く拭いてしまうのよ」

何をしているかはお見通し、とでも言いたげな声が返ってきた。落ち着いた声音だが、努めてそうしている感じがした。

「……うん」

達也は絞ったタオルで下腹から内腿、さらにペニスや玉袋を入念に拭いていく。だが、絶対に振り向かないとわかっているから、拭くのを中断してまたペニスをしごいた。

肉竿越しに義姉の背中を眺めると、猥褻な気分がさらに高まった。恥ずかしさはもう嘘のように消えて、反り返った逸物を誇らしく感じるほどだ。

——コレを見たら、兄貴と比べるかな……。

いま比較したらどうだろうと、ふと考えた。最後に兄のペニスを目にしたのは中一のときで、大人と子供の差があったのは憶えている。

だが、成長してしっかり皮も剝けているいまなら、勝負できるかもしれない。女をまだ知らないことは横に置いて、大きさで張り合う気持ちになっていた。

「拭き終わったら、タオルをちょうだい」

背を向けたまま手を差し出すので、汚れを拭き取ったタオルを渡すと、そのまま洗面器に入れて、早く穿き替えてしまいなさいと言った。

立ち上がって、さっぱりした股間に新しいブリーフを穿き、パジャマも穿き替える。だが、逸物の強張りは一向に治まらず、逞しさを誇る気持ちも行き場を失くしたまま、もやもや燻《くすぶ》っている。

達也は衝動的にパジャマとブリーフをずり下し、下腹部を露わにした。

「穿き替えたよ」

仁王立ちになって言うと、真理子は振り返り、ちょうど顔の高さにあるペニスを見て目を丸くした。が、すぐに顔を背けてしまう。

「なにをバカなことしてるの！　ちゃんと穿かないと、また冷えちゃうでしょ」

驚いてはいるが、怒った声ではなく、むしろ呆れているように聞こえた。当然のことながら、〝なんて立派なの〟などと言うはずもなく、達也はただの悪戯坊主にされて終わった。

仕方なくパジャマを穿き直すと、真理子は何事もなかったようにシーツを取り換えてくれた。達也はバツが悪くなって、そそくさと布団に潜り込んだが、目を瞠《みは》った兄嫁の顔は、いつまでも脳裡から消えなかった。

4

その晩、真理子は泊まり込んでくれた。いったん帰って翌朝また様子を見に来るのは大変なので、朝御飯を食べさせてから帰るつもりで泊まる用意をしてきたと言った。兄にもそう連絡して、了解を得ているそうだ。

それ自体はうれしかったが、すでに熱はだいぶ下がっていて、つきっきりで看病というわけでもないので、せっかく泊まってくれるのにもったいない気がした。

真理子は兄の部屋に布団を敷いて寝るつもりらしく、夜が更けると隣でまた物音がした。ついこの間まで音の主は和彦だったが、今日は兄嫁だ。そう考えると、微妙に音も違っているようだった。床を踏む体重や、物を動かす力加減が違うからかもしれない。

そんなことを思いながら、やがて達也は溶けるように眠りに落ちていった。

夜中にふと目が覚めると、何となく廊下に人がいる気配を感じた。微かに音が聞こえて目が覚めたのかもしれない。

もちろん真理子以外には考えられないが、スーッとゆっくり戸が滑るのを見て、反射的に瞼を閉じた。起こさないように気を遣っているのを感じて、つい寝たふりをしたのだ。

真理子は足音をしのばせて部屋に入ってきて、布団の傍らで立ち止まった。

目を開けようか迷っているうちに、その場に跪《ひざまず》いたのを感じると、掛布団がほんの少し動いて横から手を差し入れられた。そっとパジャマをさぐって、胸元へ伸びてくる。

――な、なんだ……。

身を硬くしそうになったが、かろうじて脱力状態を保つことができた。

軽く触れる様子から、汗をかいてパジャマが湿っていないか確かめているのだとわかった。着替えたあとはもう汗は出てないが、真理子は手を当てたままでいる。柔らかな手の感触に心が躍って、そのまま寝たふりを続けた。

真理子は前屈みになっているようで、息遣いがずいぶん近い。大きく呼吸すると、甘い吐息を吸い込むことができて、狂おしい気持ちで胸がいっぱいになった。

しばらくすると、ボタンの間から指が侵入して、素肌に触れた。何だろうと訝《いぶか》しんだものの、驚いて身動きすることはなかったので、目が覚めているのは気づかれずにすんだ。

だが、かえって目を開けるきっかけを失ったようだった。じっとしていると真理子は胸肌をやさしくさすりはじめた。汗ばんでいないのは明らかなのに、そろりそろりと指を這わせてくる。

胸がドキドキするとバレそうなので、ゆっくり呼吸して心を落ち着けるが、撫でられるのが心地よくて、股間がむずっと膨らみだした。勃起の予感がして、息が乱れそうだ。

それでも狸寝入りを続けていると、真理子の手は胸元から腹部へ這い、さらにその下へ向かう。

――えっ!?

臍の上に達したとたん、ペニスがむくっと撓《しな》った。瞬く間に芯が通るのを感じて焦った。もう少しで義姉の手が先端に当たってしまう、と思う間もなく、亀頭に触れた。

ずきっと甘い衝撃を感じ、いっそう硬くなる。手はそこで止まったが、マズイことになって気が動転した。

先端に触れた手はそのまま動かない。瞼を閉じていても、じっと見つめられているのを感じて息をこらした。

苦しくてあえぎそうになるのを何とか堪え、静かに息を吐いて呼吸が乱れないようにする。寝たふりがバレないことを祈ってじっとしていると、しだいに落ち着いてきた。だが、下腹の強張りは相変わらずで、治まりそうになかった。

しばらくすると、ふいに手が動いて、盛り上がった股間を包むように覆った。ほっそりした手指の柔らかさに、ペニスが即効で反応する。強く脈を打って反り返ったのだ。

一瞬、ひやりとしたが、睡眠中に勃起しても何ら不思議はないので、心配することはない。さっき様子を窺って、眠っていると判断したからこそ触ってきたはずだ。

そう思うと意外なほど落ち着いて、手指の感触をつぶさに感じ取ることができた。真理子は肉棒に沿って手の向きを縦にした。手首に近いところが亀頭に当たり、揃えた指は根元の方へ延びている。

が、すぐに手のひらで亀頭を包み込むように位置を変えた。軽い圧迫感が心地よくてうっとりしていると、そろり、そろりと遠慮がちに動きだし、さざ波のように甘い刺激が下腹全体に広がっていく。

——そ、そんなことするのか、義姉さん……。

大胆なことをされてびっくりした。昂ぶりはさらに烈しくなる。

だが、どうやら愛撫しているわけではないらしいと、少ししてから気がついた。揉むというより、亀頭の硬さや大きさを確かめる手つきなのだ。

達也が眠っていると思うなら、愛撫する意味はないはずだった。そうではなく、寝ている隙にこっそり触ってみようと考えたに違いない。

それなら狸寝入りを続けて、好きなようにしてもらいたい、そんな心境で堂々と股間の隆起を彼女の手に委ねた。

するとと、亀頭から竿を這い、指の先は根元からさらに下がって玉袋に届いた。むず痒いような痺れるような、何とも心地よい感覚が股間から背筋を駆け上がり、ペニスがまた脈を打った。

再び手が止まって、達也の寝顔を窺う気配がした。そこで彼は、真理子が横向きからこちらに尻を突き出す姿勢に変わっているのを感じた。触りやすいから自然にそうなったのだろう。

慎重に気配を窺っていると、ほどなく向き直ったようだった。ぐっすり眠っていると安堵したのだと思い、うっすら目を開けてみる。

案の定、真理子は足元の方へ体を斜めに向けていた。ハーフコートを肩にかけているが、前屈みなのでパジャマの尻がはみ出して、すぐ目の前にあった。布団から手を出せば、容易に触れる近さだ。

真理子は竿を包む手をそろりと動かして、さする仕種を見せた。が、すぐにやめて何か考えているようだ。

少ししてまたさすりはじめると、今度はそのまま続けた。それも愛撫というより長さを測るような手つきだったが、充分気持ちよくて、勝手に腰が浮き上がりそうになる。

ひそかに思いを寄せていた達也だから、ペニスを触ってもらえて、夢を見ているような心持ちだ。それと同時に、

——義姉さんて、こういうことをする人だったんだ……。

意外な一面を知って、昂ぶりを抑えられない。眠っている隙にこっそり、というのが何とも言えずいやらしく、秘密を覗き見ている気分になるのだ。

実は最初から眠ってなどいなかったと教えたら、どんな顔をするだろう。考えるだけでワクワクするが、とにかくいまはこの至福のひとときを満喫したい。

真理子はまた亀頭に戻ると、今度は指で膨らみをなぞった。

——あっ、そこ……気持ちいい……。

括《くび》れの凹凸を確かめるようにさすられて、快感が跳ね上がる。パジャマ越しでも、裏側の敏感な部分を擦られるのは気持ちいい。しかも、自分で触るのとはまったく違い、高まりがどんどん加速して抑えが利かなくなりそうだ。

このまま続けられると射精してしまうかもしれない——期待と不安が烈しく交錯して、どうすればいいのかわからない。

達也の戸惑いなど知る由もなく、真理子は前ボタンの隙間からそっと指を入れてきた。ほっそりした指で雁首の縁をなぞられ、歓喜の悲鳴を上げそうになる。

ブリーフ一枚だけだと、冬物のパジャマの上から触られたのとは段違いの気持ちよさだった。

おそらく彼女も同じで、手触りがいまひとつはっきりしなくて指を入れたのかもしれない。義弟の形状を確認するように、裏筋や笠の括れを丹念に何度もなぞっていく。

愛撫ではないことが、被虐的な気分をかき立ててくれる。自分が実験動物か何かにされたようで、もうどうにでもしてくれ、このまま射精させられてもかまわないという気になった。

その瞬間、ペニスがひくっと脈を打ち、先端からとろりと液が洩れた。

真理子が手を止めてこちらに顔を向けるので、達也は静かに瞼を閉じた。すやすや寝息を装うと、少しだけ間があって、また指が動いた、と思ったら前ボタンが外され、開いた窓から大胆に手が侵入した。

突っ張って盛り上がるブリーフを、手のひら全体で包み込む。揃えた指先が、太さと硬さを測るように動いた。ほっそりしなやかな感触が悩ましい。達也はうっすらとくちびるを開いて、息をあえがせた。

被せた手が心地よい圧迫感で縦に動いて、竿も亀頭もやんわり揉み込んでくれる。甘美な波に揺られているようで、この上もないしあわせを感じる。

だが、ここまで来たら、しっかり握ってしごいてほしいという気持ちも強かった。下着を穿いたまま射精してしまっても、夢精と同じことだからかまわないと思うのだ。

微かに目を開けて見ると、真理子の肩越しに頬が見えた。髪の毛が邪魔してわずかに覗けただけだが、薄明りを受けて上気しているようだった。

ちょっとした悪戯や気まぐれで触っているのではなく、いやらしい気持ちでいるに違いない。兄と比べているのかと思うと、自然と張り合う気持ちになって、微かに腰を持ち上げてしまった。

すぐさま真理子がこちらを向くので、反射的に目を閉じた。くちびるを開いたままだったから、狸寝入りも真に迫っているはずだ。これでまた安心して、もっと大胆なことをしてくれるのではないかと、期待は膨らんだ。

ところが、思惑とは逆に、真理子はそっと手を引いてしまった。寝ているふりがバレたのか、あるいは腰を動かしたことで我に返るきっかけを与えてしまったのかもしれない。

いずれにしても、万事休すは明らかだった。真理子は両手で静かにボタンを留めると、掛布団を丁寧に整えた。

じっと見つめられている気配の中、寝たふりを続ける達也は、股間の強張りを待て余した。やってもらえないなら、自分でしごきたい。そうやっていつまでも見ていられると、手を使うわけにいかなくて焦れったいのだ。

ほんの数秒だったのかもしれないが、達也には長い時間がすぎて、ようやく真理子が腰を上げた。入るときと同様、音を立てないように戸を開けて廊下に出ると、最後にもう一度中を覗いた。

名残惜しそうに顔を引っ込めるのを、達也は薄目を開けて見ていたが、戸が閉まったとたん、股間を握ってしごきだした。

まだ硬さを保っていたペニスは瞬く間に反り返って、亀頭がさらに膨らんだ。すかさずパジャマの中に手を入れると、直接触らないで、ブリーフの上から真理子がやったのと同じように手を被せ、さっきの感触を思い出して揉み込む。

——義姉さん、もっとしごいて……思いきりしごいて……。

言えなかった言葉を脳裡で繰り返し、手を速めた。射精欲が兆《きざ》したかと思うと、みるみるうちに高まって切羽詰まってきた。

いったん起き上がってティッシュを取ろうと考えたが、さっきの再現にこだわる気持ちが働いてやめることにした。ブリーフを穿いたまま射精してしまう、それが真理子にやってもらいたかったことだ。

ほっそりした手指の感触を甦らせながらしごきを速めると、快感がぐんぐん上昇した。硬く張った亀頭を摑んでさらに激しく揉みしだき、腰が浮き上がる感覚とともに、頂点へ駆け上がる。

鋭い快感に貫かれ、ブリーフの中で熱い迸《ほとばし》りが炸裂した。そこにいない兄嫁をもう一度思い浮かべ、達也はゆっくり引いていく快楽の余韻を味わっていた。

第二章　初心な吐息

1

その夜の出来事はあまりにも鮮烈で、達也はそれ以来、憧憬を越えて女として真理子を強く意識するようになった。

下着越しに触れられた手の感触を思い出して、何度ペニスをしごいたか知れず、真理子が家に来るたびに、バストやヒップのなまめかしいカーブをこっそり眺めては、股間を窮屈にさせた。

とりわけ薄着になった夏は、スカートにうっすら浮き出る下着のラインや、シャツに透けるブラジャーの色や刺繍に心をときめかせた。

あるときなど、トイレに入る前と出てからで、ヒップに浮いた下着が微妙にずれているのに気づいて、烈しい昂ぶりを覚えたことがあった。ショーツを下ろして便座に腰かける姿や音までも、なまなましく想像をかき立てられたからだ。

大学在学中にカノジョができて初体験はすませたが、女の肉体を深く知ったことで、真理子を見る目はいっそういやらしくなった。つき合っている女の子がいても、一方でひそかに真理子を思い続けていた。達也にとって兄嫁は、特別な存在だったのだ。

にもかかわらず、あれ以来、二人きりになる機会はついぞ訪れなかった。真理子がそれとなく避けていた可能性もなくはないと思うが、実際のところはよくわからない。

いずれにしても、達也の脳裏にはあの夜のことがしっかり刻み込まれている。

ところが、翌朝のことはすっかり忘れていたのだ。

熱は下がったものの、ろくに食べていないのでもう一日休むことにして、真理子が作ってくれた朝食を一緒に食べた。そのあとでコーヒーを入れてくれるのを、達也はパジャマの上にジャージを羽織った恰好で待っていた。

そのときの真理子の後ろ姿が、いま目の前にいる里菜に重なって、ようやく思い出すことができた。

「この豆、おいしいね」

「酸味がほどほどだからね。オヤジはもっと苦いのが好きだけど、オレはこれくらいがちょうどいい」

里菜が入れてくれたコーヒーで、二人はひと息ついた。豆を買うのは達也の役目だから、いつも自分の好みで選んでいる。

「うちの父も苦くなきゃコーヒーじゃないって言うけど、昔の人って、わりと多いように思う、そういうの」

「じつは部長もそうなんだ」

「知ってます、よくうちに来てるから」

そりゃそうだ、と達也が言って二人同時に吹き出した。

里菜の父は上司の志賀と学生時代からの友人で、釣り仲間だ。若い男性との出会いが少ない娘を心配するので、志賀が達也のことを話して、会わせてみようということになったらしい。そういうことを、あとから聞いた。

「今日は一緒に丹沢へ行ってるのよ」

「なんか、そんなこと言ってたな」

「去年の連休にも行ったけど、あまり釣れなかったから今日はリベンジだって」

「なるほど」

里菜は子供の頃から志賀のことを知っているので、プライベートの話をよくしてくれる。達也が上司の素顔を興味深そうに聞くからだが、いまはそれはどうでもよくて、軽く相槌を打つだけで受け流した。

それより、あの夜の出来事が甦ったことで、下腹がやけに疼いて仕方ない。目の前に里菜がいるにもかかわらず、心は八年前に何度も飛んで、真理子の手の感触や吐息を懐かしく思い出している。しだいに股間が強張ってきて、早くも結婚前から浮気しているような疚《やま》しさを感じてしまう。

甦った記憶は振り払うことができず、テーブルの下でこっそり股間をさすってみた。里菜が気づいてないのをいいことに、かまわず揉み続けていると、コットンパンツの前がもっこり膨らんだ。

――どういうつもりで触ったんだ……。

あの夜の真理子の気持ちを推し量っても答えは出ないが、布団の中にいるような臨場感を覚え、肉棒はどんどん硬くいきり立っていく。

「ちょっと下ごしらえをしておこうかな」

里菜が立ち上がりざま、達也のマグを覗き込んだので、股間をいじっているのを見られると思って慌てた。

だが、カップにコーヒーが残っているのを確認しただけだった。自分のカップを片づけて洗うと、夕食の下ごしらえにかかった。

達也はそれを眺めながら、テーブルの下で露骨に股間をしごく。目の前にいるのはあの日の真理子であり、ペニスが感じるのは彼女のほっそりした手指の柔らかさだった。

思い出した当初は疼くだけだったが、勃起したいまは確実に快感が高まっている。だからといって行きつく先は見えず、自分でもこの場で何をしたいのかわからない。ただ真理子のことを思い、しごくのをやめられずにいた。

そのうちに先端から粘液が洩れだして、ややもすると射精欲が高まりそうな予感がした。ここでやめる気にはなれないが、

──続けてどうする……。

迷いつつ勃起を揉んでいるうちに、目の前の真理子は里菜に戻っていた。だが、それでペニスの心地よさが途絶えることはなかった。

調理台で下準備をしている、そのスカートのヒップが形よく突き出しているの

を見て、達也はふらふらと立ち上がった。背後に近づいて、肩越しに彼女の手元を覗き込む。

「なにしてる?」

「肉に塩コショウしておくの」

鶏もも肉を適当な大きさに切っている彼女の背後にぴったり寄り添い、盛り上がった股間でヒップをつんと押した。軽い気持ちでやってみたのだが、柔らかな肉の弾力が思った以上に心地よかった。

里菜は肉を切るのに集中していて、何をされたか気づいていないようなので、わかるようにぐいっと押しつけてみる。すると、ハッとして手を止め、背後に目を落とした。

「えっ!? どうして……」

頬を赤くして口ごもった。何でこんなことをするのか、と言いたいのか、あるいは達也の股間がどうして硬くなっているのか、わけがわからず驚いているのだろう。

里菜は彼が初めての男で、二十六歳という年齢にしては性的にかなり初心《うぶ》だったから、いまも羞じらいや初々しさを残していて、こういうシチュエーションに戸惑っているのだ。

じつは達也も相手がバージンというのは里菜が初めてなので、それまで経験した二人と違って、リードするというか、一つひとつ教えていく愉しさがある。彼自身、経験豊富とは言えないが、里菜を抱くことで雄の本能をくすぐられるところがあった。

「なんか、急にムラムラしちゃってさ」

「変なこと……しないで」

「別に変なことじゃないと思うけど」

「変よ、ぜったい……キッチンでこんなこと」

押しつけたまま腰を振ると、ペニスがぐにっと揉まれて気持ちいい。調子に乗って両肩を摑むと、里菜は黙り込んでしまった。

腰を振ったり押したりして、どんどん気持ちよくなる。両手を流し台につくと、後ろから押さえ込んで逃さない体勢になり、猥褻な気分はさらに高まった。

「ああ、気持ちいい」

成り行きでやったことだが、まるでアダルトビデオのようで、やめられないどころか、さらにエスカレートしたくなる。

里菜はそれでも下ごしらえを続けようと、肉に包丁を当てる。だが、腰がくねくねしてしまい、切る位置を決めるのも覚束ない。ちょっと感じはじめているようだった。

「そんなことしてると危ないから、離れて」

包丁の先を上に向けて言う。見た目には物騒だが、荒っぽいことができるはずもない。かまわず里菜の腰を摑むと、股間をずんずん押しつけた。

スカートの尻がへこんで、コットンパンツが密着する。硬い盛り上がりが臀肉の狭間にやんわり包み込まれると、気持ちよくて腰が勝手に動いてしまう。縦にくいくい動くので、後背位で突き上げるのとそっくりだ。

「包丁を上に向ける方が危ないよ。落としそうじゃないか」

「だって、そんなことするから」

しっかり握れていないように見えたが、感じてしまって本当に力が入らないのかもしれない。けっこう足腰もふらついて、とうとう包丁を離すと、調理台に手をついて体を支えた。

達也は腰の位置を下げ、盛り上がりの先端がちょうどアヌスに当たる感じで突き動かした。後背位の色合いがいっそう濃くなり、気分もさらに盛り上がる。

ふいに里菜が尻をくねらせて、快感がぐっと高まった。意識的ではないようだが、おかげでペニスを揉まれる感覚が絶妙に変化して、達也も完全に火がついた。スカートをたくし上げて、すべすべした太腿に触れると、さらにショーツに包まれたヒップまで撫で上げる。

「いやっ、こんなところで……」

里菜は腰を捩って逃れようとする。だが、達也はもう止められないところまで来ていた。発端は真理子の記憶で股間を疼かせたことだが、生身の里菜で加速がついてしまった。

「じゃあ、オレの部屋に行こう」

「そ、そういうつもりで言ったんじゃ……」

「誰もいないんだから、気にすることはないさ」

黙ってかぶりを振るところに、後ろからバストを摑んで追い打ちをかける。ほどよく実った果実を揉み回し、指で擦って乳首をさがすと、体をかくっと震わせて快感が露わになった。

見つけた位置を集中的に攻めると、くだけるように腰が柔らかくなって、達也は強く股間を押しつけて支えた。

になった。

「いいから、行くよ」

最後にバストをぎゅっと鷲摑みにして促すと、里菜は脱力して体を預けたまま

2

ふらつく里菜を抱きかかえるようにして二階へ上がり、自分の部屋に連れていった。

真理子が股間を触ってきたときに布団を敷いていた場所に、いまは折りたたみベッドを置いている。そこへ里菜を横たわらせると、これまでホテルで抱いたときとは違う空気になった。

デートでセックスするときは、それが特別な時間であるような感覚を持っていたが、逆にいまは日常にセックスを持ち込もうとしているかのようだ。結婚するとセックスは日常のひとコマになるのかもしれない。

ふと思ったのは、この部屋で初めてセックスをする、ということだった。前につき合った女性はアパートやマンション住まいだったので、相手の部屋でしかし

たことがなかったのだ。

仰向けになった里菜に、達也は新鮮な気分で覆い被さった。頬にくちづけすると、彼女は早くも息をあえがせて、耳に熱い息を吹きかけると、さらにあえぎが高まった。

耳から頬へゆっくり移動していって、くちびるを重ねる。触れたとたん、里菜は強く押しつけてきた。羞じらいを振り払おうとする勢いを感じ、すかさず舌を差し入れて応えた。

「んむっ……」

ぬらっと舌をからめると、里菜は喉の奥からくぐもった音を洩らした。コーヒーの香りのする吐息が混じり合い、唾液も溶け合う。

左右に大きく滑らせると里菜もそれに合わせるが、動きは緩慢で、ほどなく止まってしまった。

それでも懸命に舌を伸ばしているので、強く吸って舌裏を舐め擦ると、みるみるうちに息が荒くなった。

里菜はいつも、じっくりディープキスをするだけで息荒くあえぎはじめる。これからセックスすることを強く意識してしまうのだ。その初々しさに魅力を感じて、達也もこうして舌をからめるといつも昂ぶりを覚える。

シャツの上からバストを揉み回し、股間の強張りを腿に押しつけて気持ちを煽ると、鼻にかかった声を上げて仰け反り、舌を預けることすら難しくなってきた。

舌を深く潜らせて、歯の裏側から上顎まで縦横にさぐり、ねっとり舐め回すと、里菜はされるままになって、ただ熱い息をあえがせるばかりだ。

バストを攻めながら存分に舐め回すと、いったん舌を引っ込めて、里菜が少し落ち着くのを待った。

息遣いが穏やかになるのを見て、再び舌を差し入れる。今度はねっとり深くからめるのではなく、戯れる雰囲気で先の方だけ縦にちろちろ弾くのみに留める。ちょっとやって止めると、代わって里菜がそれを真似るが、達也と同じように少しやっただけですぐやめた。

続いてぐるぐる円を描いて舌の表と裏を擦り合わせ、やめるとまた里菜が代わって同じことをした。

初めてディープキスをしたときにそうやって反復で舌使いを教えたので、激しくあえいでさえいなければ、彼女はよく達也の真似をしようとする。強く吸うと吸い返してきて、律儀というより健気に思えてくる。

里菜は二十六歳まで未経験だったことが負い目なのか、早く性戯に慣れようという意識を持っているようだが、まだ羞恥とのせめぎ合いで及び腰になることも多い。それでも一つひとつステップを踏もうとしているのが、いかにも生真面目な彼女らしいところだ。

——今日は時間がたっぷりあるから、ちゃんとしゃぶれるようにしてやるぞ。

つい最近、ようやくフェラチオしてくれるようになったばかりだが、あまりにもぎこちないので、今日は上達を促す絶好のチャンスだと達也は考えている。

「これ、脱いじゃおうか」

「えっ、でも……」

シャツのボタンに指をかけると、里菜はその手を押さえて躊躇いの表情を浮かべた。

「どうした？」

「まだ、こんな明るいのに……」

「カーテン閉めてるから、外から見られる心配はないよ」

「そういうことじゃなくて……」

明るいから恥ずかしいと言えなくて口ごもったようだ。いつもホテルの部屋では、できるだけ照明を落とすようにせがみ、達也も無理強いしないで薄暗くしてやるのだが、さすがに昼間ではどうしようもない。

「どうしても恥ずかしければ、目を瞑ってれば大丈夫」

自分でもかなりいい加減なことを言ってると思ったが、ボタンを外していくと、里菜は抗うことなく、胸を波打たせてあえいでいた。

シャツの間から現れたブラジャーは、ピンクに近い薄紫に黒の刺繍で飾られたサテン地のものだった。初めて目にするブラなので、今日のために新しく買ったのかもしれない。

「セクシーだね。ひょっとして下とペア？」

里菜はこくんと頷いて、うっすら頬を染めた。やはり新調したのかと思い、つるんとしたカップに手を這わせると、瞼を閉じてくちびるを引き結んだ。やんわり揉みあやすと、わざわざさがすまでもなく、ぽつりと指に触れるものがあった。

「あっ……」

顎が持ち上がり、甘い声が洩れる。正直な反応に、すかさず指で擦って刺激を送り込むと、サテン地を通して触れる突起は、いっそう硬く大きくなった。

揉む手を休めることなく、ボタンを下まで全部外してしまい、シャツの前をはだけさせる。目を閉じたまま、顔を横に背ける里菜は、恥ずかしさを懸命に堪えている。

双丘はほどよく手に納まる大きさで、手触りが心地いい。交互に揉みしだきながら、うなじから頬、耳朶《みみたぶ》へとくちびるを這わせ、温かな吐息と舌で一帯をくまなく散策して回った。

背中に手を回してブラジャーのフックを外した。解放された双丘がカップを押し上げ、わずかな隙間が達也を誘っている。ゆっくりカップをずり上げると、里菜のくちびるからせつなげに吐息が洩れ、乳首が露わになった。

息を呑むほど鮮やかなピンク色だった。

ホテルの部屋の薄明りでも綺麗な色をしているのはわかっていたが、これほどとは思わなかった。あまりにも感動が大きくて、しばらく見つめたままでいるしかなかった。

里菜はそれが恥ずかしくて仕方ないのだろう、どうにかしてほしいといった風情で身をくねらせるので、ようやく我に返って指で触れた。こりこりして硬いが、きゅっと摘まむと弾力がある。

「あうっ！」

びくんと体が揺れて、円やかな双丘も震えた。達也は舌で転がそうと顔を近づけたが、口に含む寸前でまた見とれてしまい、息を呑んだ。

どうしたのかと目を開けた里菜は、

「いやっ……そんなに見ないで!」

間近で見つめられていると知って烈しく羞恥をつのらせ、乳房を庇うように上体を屈める。だが、それで乳首まで隠せるわけではない。

「ごめん。あんまり綺麗なんで、つい見とれてしまって……」

「そんなこと言われても、恥ずかしいものは恥ずかしいんだから」

首から上が茹《ゆ》だったように赤く染まった。年齢より子供っぽい反応も、いつも理知的なふるまいを見せる里菜だから、けっこう可愛らしく思える。

見られるのが恥ずかしいなら、とばかりに乳首に吸いつくと、

「あんっ……」

甘い声を洩らして、また身を屈めた。

だが、ほどなく力を緩めて、達也のくちびると舌に敏感な突起を預けてくれた。舌で転がすと、声を上げて胸を気持ちよさそうに波打たせる。しげしげと見られるより、そうやって官能に身を任せてしまう方がいいのだろう。

もっと刺激を強めようと、軽く歯を立てて咬んでみた。

「あっ……あんっ！」

里菜は悩ましげな声を響かせて、激しく身を捩らせた。なおも甘咬みを続けると、大きく仰け反って、頭頂で上体を支えるブリッジ姿勢になった。

乳首を口に含んでいるのが難しくていったん離れるが、すとんと背中が落ちたところですかさず吸いついた。舌先で舐め叩くと、強い力で半身をぐいっとくねらせる。顔面に乳房を押しつけられ、うっすら汗ばんだ柔肌に鼻先が埋まったが、一瞬の息苦しささえ心地よかった。

歯と舌で乳首を攻めながら、スカートをたくし上げて内腿をさぐる。悶え乱れる里菜はそちらまで意識が届いてないようで、無防備な谷間にやすやすと侵入できた。

ショーツに湿り気を感じて、溝をこねるようにさぐると、みるみる染み込んで広い範囲がしっとりしてきた。意図しなくても敏感な肉の芽に触れていたようで、びくっと撓るように腰が揺れた。

里菜はそれでようやく気がついて、太腿を強く締めてきた。だが、乳首を咬むとすぐに緩んでしまい、秘処をさぐっては締められ、緩んではまたさぐるといった繰り返しになる。

そのうちにかなり濡れてきたのを感じて、ショーツのウエストに指をかけて脱がせにかかった。

「あっ、だめ……ああっ……」

里菜は咄嗟に手を押さえるが、阻むほどの強さはない。ほどなく太腿までずり下げたところで力が抜けた。

里菜の秘処はすでにじっくり見ているが、明るいところでは初めてだ。鮮やかなピンク色の乳首の感動が、新たな期待を膨らませる。

武者震いする気分で起き上がり、一気にショーツを引き下ろすと、里菜はスカートの下腹を手で押さえた。

「恥ずかしかったら、目を瞑ってればいいよ」

また意味のないことを言って手を退かし、膝を摑んで両脚を広げさせる。ところが、里菜は思いのほか強い力で抗い、またスカートを押さえてイヤイヤをした。

「いやっ！　……やめて！」

殻を閉じた二枚貝のように、太腿から膝までぴたりと密着させて離さない。これほどの抵抗に遭うとは思わなかった。

明るいところで見られるのは絶対に嫌、といった強固な意志が感じられて、達也は気が変わった。

――そんなに嫌なら、しょうがないか。

見たい欲求はつのっても、そこまで無理はしたくない。男としてやさしい自分でいたい、という気持ちがあるからだ。

『達也さんて、女性にやさしいのね』

兄の結婚が決まって真理子を紹介されて間もない頃、彼女に柔和な笑みを浮かべて言われたことがあった。それが舞い上がるほどうれしくて、以来、大学の女友だちやバイト先の女性スタッフと接するときも、やさしさを意識してきた。

カノジョができて童貞にサヨナラしたのも、そのおかげかもしれない。逆に強引さが足りなくてチャンスを逃したこともあるが、あまり気にしていない。真理子のひと言に影響されている自分を、どこまでも肯定したいのだ。

結局、明るいところで見られたくないという里菜の気持ちを思いやって、達也は秘処を暴くことを諦めた。

寄り添ってくちびるを重ね、スカートの中に手を入れると、固く閉じていた太腿から力が抜けた。触られるのは平気で、見られさえしなければ厭《いと》うことはないようだ。

内腿の合わせ目をさぐり、毛叢の奥へ侵入すると、ぬるっと指が滑って軟らかな肉の隙間からさらに粘液が滲み出た。

里菜は声にならない吐息であえいだ。

ぬめり具合を確かめようと掻いてみたところ、隙間に指先が潜り込んで、熱を持ってさらにぬめぬめする肉に触れた。

里菜はくちびるを引き結んで、あえぎを抑えた。だが、溝の上部をちょこちょこっと掻いたとたん、

「あんっ！」

またも悩ましい声を上げ、腰をひくつかせた。指先の感触で、莢《さや》の上から芽を擦ったのはわかった。何度か繰り返すうちに、腰はがくがく震えだし、さらに板バネが急に戻るように両脚がびくんと突っ張った。

上半身は折り曲げて達也の胸に頭をぶつけたが、もう一度擦ると、仰け反って口をぱくぱくさせた。

いったんスカートを腰の上まで捲り上げてから、あらためて秘処に手をしのば

せた。このところ濡れやすくなった里菜だが、今日は特にそう感じる。溝の窪みを確かめると、新たに溢れ出たのか、ぬめりがいっそう増していた。

——簡単に指が入りそうだな……。

そう思って中指でちょっと押してみると、にゅるっと吸い込まれるように埋まってしまった。

「あっ……あああーっ……」

里菜は鼻にかかった甘い声を洩らして、指を締めつけた。ゆっくり奥まで突き入れると、引き絞るようにさらに締まった。

濡れ方が激しくなったのに比べ、肉壺の生硬い感じは最初の頃とほとんど変わらない気がする。何度も交わるうちに熟《こな》れていくはずだが、自分がそうやって里菜の肉体を熟成させるのだと思うと、男の本能をくすぐられるところがあった。

達也は指をゆっくり抜き挿ししながら、仰け反る里菜のうなじにくちびるを当てた。耳朶の下から裏側にかけて湿った息を吐きかけると、里菜は肩を竦め、肉壺が指を締めつけた。

さらに耳から頬へ這い進み、くちびるに到達すると、舌を少しだけ入れて里菜を誘い出す。するとすぐに舌を差し出してきたが、ぐるぐるからめ回したり弾いたりしても、応える余裕はないらしい。達也の動きに任せるだけだった。

しかも、抜き挿しをちょっと速めただけで、舌は引っ込んでしまった。思い出したようにまた差し出しても、やはりそれだけで何もできない。

達也は強く吸いながら、速い抜き挿しを続けた。浅いところと奥を交互に攻めると、舌を吸われた里菜は、甘えるように鼻を鳴らして縋りついてきた。

蜜液はさらに溢れ、指の付け根までねっとり濡らしている。抜き挿しをいったん中断して、蜜を掬ってクリトリスに塗りつけると、里菜はまたも大きく腰を揺らした。

ぬめりで気持ちよさそうな肉の芽をくりくり揉み回すと、揺れる腰ががくんと跳ね上がった。指を抽送するより反応が大きいのは彼女らしいところで、まだ中より外の方が感じやすいのだ。

くちびるはもう離れてしまい、せつなげに表情を歪ませている。揉み回したり小刻みに擦ったりするうちに、立て続けに腰を跳ね上げるようになり、頂上が近いことを教えてくれる。

――もう、わけわかんなくなってるかな……。

快感に翻弄されているところで、こっそり秘処を見てやろうと思い、クリトリスを攻める手を止めずに、静かに起き上がった。

里菜はずっと瞼を閉じたままで、悩まし気に首を右に左に振っている。下腹に目をやると、色白の肌に秘毛が黒々と繁っている。そこを指で嬲り続ける図が、何ともいやらしくてぞくぞくする。

悶える表情と交互に眺めながら、普段の理知的な彼女との卑猥な落差を堪能してから、腿を摑んでいよいよ御開帳だ。

クリトリスを攻めている手を退けさえすれば、そのままでも秘処を拝めるが、快感の波を高く保ち続ける方が無難なので、止めずに脚を開かせることにした。

――一度広げさせちゃえば、こっちのものだ。

達也はほくそ笑んで、静かに脚を開かせようとした。

ところが、少し広げただけで、

「……いやっ！」

身悶えしていた里菜が急に我に返って、弾かれるように脚をきつく閉じた。頬を上気させ、目も半ば蕩けているのに、正気に戻ったように強く拒んだのには驚いた。

「ごめん……大丈夫だよ、もうやらないから」

咄嗟に謝って、指戯を続行する。里菜はすぐには信用しないで達也を見ていたが、肘をついてくちびるを重ねると、人が変わったように快楽に没頭していった。明るいところで秘処を暴かれる羞恥が、それだけ強烈だということがわかって、達也は邪心を捨てた。

手が攣《つ》りそうなほど肉芽を激しく擦り続けると、里菜はまた腰を揺らし、ときどき大きく跳ね上げるようになった。アクメ寸前まで行っていたはずだから、元の波に乗るのは難しくないだろう。

「あんっ……あんっ……あんっ……」

しばらくは甲高い声を断続的に響かせていたが、ふいにかすれて口をぱくぱくあえがせるだけになった。

高波に乗ったのがわかり、いっそう熱のこもった指使いで追い込みをかけると、突然、腰の揺れが止まり、両脚を突っ張らせて硬直した。

ほんの数秒で固まりは解けたが、弛緩してもそのまま動かず、荒い息だけがしばらく続いていた。

3

里菜がぐったり横たわったままでいる間に、達也は着ているものを全部脱いで裸になった。ペニスはずっと硬いままだが、それでもまだ七、八分の状態で、屹立してはいない。

それから彼女のスカートを脱がせてやり、はだけたシャツも脱がせようとした。すると里菜は身を捩らせて嫌がり、起き上がってずれているブラジャーを直し、シャツの前を合わせた。

「そんなに嫌がらなくたって……」

「だって恥ずかしいんだもの」

カーテンの閉まった窓を見て、まだこんな明るいのに、といった顔をする。すっかり頬を上気させて、快楽の高まりは隠しようもないが、それでもまだ羞じらいは薄れていないようだ。

日は西に傾いてはいるが、暮れるのを待っていたら夕食の時間になってしまうので、そろそろフェラチオの仕込みにかかることにした。クンニや全裸で一戦交えるのは、夕食のあとでかまわない。

「じゃあ、今度はオレの番でいい？　口でしてほしいんだけど」

ペニスをゆるゆるしごいて、仰向けになった。

根元を摑んで天井を向けると、里菜はチラッとだけ見て目を逸らした。ほんのり桜色だった頰が、みるみる赤く染まっていく。

「もしかして、それも恥ずかしいとか？」

黙って静かに首を振る。最近、ようやくフェラチオしてくれるようになった里菜だから、明るいとやはり恥ずかしいに違いないが、嫌がってばかりもいられないといったところだろう。

いったんはペニスから目を逸らしたが、思い直したように手を伸ばした。達也は一瞬、沸き立ったが、急かすのはよくないだろうと、彼女のペースに合わせてじっくり構えることにした。

──時間はたっぷりあるから……。

それこそが家に招いたいちばんの理由だった。

里菜は達也の脇で横座りになっていたが、見られるのが恥ずかしいのか、顔を少し傾けて、ペニスにそっと触れた。達也が手を離すと、幹を握ってしばらくそのままでいる。

軽く握ったり緩めたりはするが、気持ちよくさせようという意図は感じられない。愛撫ではなく、硬さを確かめているだけだ。

にもかかわらず、その手つきは妙にそそるものがあって、何とも言えない心地よさがペニスから下腹全体に広がった。

里菜はさらに亀頭へ移って、同じく硬さや大きさを確認するように何度か握り直した。考えていることはわからないが、義務感に突き動かされているようには見えなかった。

うっとりした気分にひたっていると、ふいに真理子に股間を触られた夜のことが頭に浮かんだ。愛撫とは違う、ペニスの形状を検分するような触り方に昂奮したことを、ついさきほどキッチンで思い出したばかりだが、何となくあの感覚に似ているようだった。

また記憶の中の真理子と目の前の里菜を重ねている自分がいて、そう思ったとたん、ペニスがわずかに脈を打った。里菜にすまない気持ちもあって、真理子を横に押しやり、亀頭を包み込む白い手を見つめる。

里菜は握り直して根元をささえると、おもむろに屈み込んだ。が、真っすぐの髪が舞台の緞帳のように垂れて、手元まで隠してしまった。

見えないところで亀頭が温かい吐息を浴びて、横合いを舐められた、と思ったら、舌先が軽く触れただけですぐ離れてしまった。

味を確認したのか、それとも躊躇ったのか、そのあとに少し間があったが、再び触れると続けてぺたぺたやりだした。亀頭冠の横からその下の幹の部分にかけて、さっきより触れる舌の範囲が広くなっている。

とはいっても、ただ繰り返し触れているだけで、舐めるとか舌で擦るといった積極さはない。それはこれまでとまったく変わらなかった。

「こっちの方もやってくれる？」

亀頭の裏側を示したついでに邪魔な髪を退けると、口元が露わになった。里菜は恥ずかしそうにするが、髪を押さえたままでいると、ようやく裏筋に舌を伸ばした。

だが、前屈みの体勢はいかにも苦しそうで、いったん中断して体の向きを変えた。足元の方に移動するので、達也が両脚を広げると、その間で腹這いになってペニスに手を伸ばした。

正面から向き合ったので、亀頭の裏側を舐めるのは楽だろう。顔がはっきり見えて、達也も好都合だ。

ところが、いくら裏筋は感じやすいといっても、そっと触れるだけではさほど気持ちよくないというか、勃起に近づいて感度が高まっているので、かえって焦れったいだけだった。

任せていては何も変わらないので、指を二本揃えてペニスに見立て、ねっとり舐めてみせた。

「こうやって、しっかり舐めた方が気持ちいいんだ」

フェラチオの手本を見せるのは気恥ずかしかったが、やってみると意外に面白い。いかにも性テクニックを仕込んでいるようで、気分が乗ってくるのだ。

里菜は頬を赤らめながらも、見様見真似で従った。亀頭の縁をぬらりと舌が這った瞬間、ペニスが脈を打った。それまで単に接触するだけだった舌が、まったく別のものに変身したような心地よさだった。

「そうそう、そんな感じ。いいね」

自然と声が弾んだので、里菜は得心したようだ。何度か繰り返すうちに慣れて、ずいぶんとスムーズにできるようになった。

「ここのところ、やってみて」

敏感な裏筋を示すと、じっと見つめてから、指でさした部分を正確に舐める。竿の反りが強まったのを確認すると、次はもっと長く舐め続けた。

「ああ、いい気持ち……その調子、その調子」

今度はこんなふうに、と言って、達也は舌を出して左右に動かした。里菜は真剣な目で見つめ、それを真似て舌先で舐めた。

「おお、それそれ……それが気持ちいいんだ」

背筋がぞくっと痺れて、思わずトーンが上がった。

里菜は顔を上げて、〝そんなに気持ちいいの？〟といった目で見るが、舌を出したままの表情が何ともエロチックで、ペニスは続けてぴくっと脈動した。

それを答えと受け取ったのだろう、里菜は同じポイントを熱心に舐めだした。何も言わなくても、達也が気持ちいいことはしっかり伝わって、舌使いはどんどん巧くなっていく。

たまに目を上げて達也の表情を確認するが、さっきまで恥ずかしがって目を逸らしていた彼女とは別人の艶っぽさが表れている。いや、恥ずかしさは変わらないのかもしれず、むしろそれが色香を感じさせるようでもあった。

だが、ずっと同じことを続けているので、達也は次に目が合うと、舌を出して下から上に大きく舐める仕種をして見せた。里菜はすぐに理解して、竿の方から裏筋めがけて、べろんと派手に舐め上げた。

「おおっ！」

達也は声を上げて腰を震わせた。呑み込みの速さと大胆な舌の動きは、期待を上回るものだった。

気をよくした彼は、舐めながらときどき目を上げる里菜に、言葉ではなく自分の舌を動かして指示を与えた。大きく舐めたり、小刻みに動かしたり、舐める位置は最初やったように指を使って伝えた。

指示した通りにやるのを見て、達也は言い知れぬ愉悦感にひたったが、里菜は里菜で、そうやって着実に舌使いを覚えていく自分に高揚しているようだった。上気した頰が羞じらいとは微妙に違って見え、小鼻を膨らませる様子に昂ぶりが表れている気がする。

ペニスは硬くいきり立って、挿入を待ちわびる状態になったが、その前にまだやっておくことがあった。

達也は指を二本揃えて立てると、先端を咥えてみせ、そのまま頭を振っておしゃぶりを促した。

里菜は頷く代わりに目をとろんと蕩けさせ、大きく張った亀頭を見つめた。竿を立て気味にすると、スロー再生のようにゆっくりくちびるが動いて、白い歯が覗く。小さな口が目いっぱい開いて亀頭に被さり、温かなぬめりにすっぽり包まれた。

亀頭全体に舌と粘膜が密着して、含まれる感覚がこれまでのフェラとは違っていた。躊躇いが薄れているのは明らかだ。

「うーん、気持ちいい……」

満たされた気分でうっとり呟くと、里菜はゆるゆる頭を動かしてスライドさせはじめた。

ペースはゆっくりで動きも小幅だが、ぴたっと密着しているおかげで、いままでより摩擦感が強まっている。これで動きを大きくさせたら、さぞかし気持ちいいに違いない、と思ったが、里菜は顔を下に向けてしまい、こちらを見ようとしないので、言葉にしなければ伝わらない。

「もっと奥まで咥えてくれないか。できるだけ深く」

指示したとたん、里菜の頭が一段下に沈んで、亀頭が上顎の奥に閊《つか》えた。当たった感覚が心地よく、自分で突き込んだのと似ていたので、つられて腰が浮き上がった。

「んっ……」

里菜は噎《む》せそうになったが、すぐ吐き出して事なきを得た。達也も慌てて腰を引いた。

「ごめんごめん、気持ちよくて勝手に腰が動いちゃったよ」

息を整えながら、里菜は頷いた。咳き込んだりすることもなかった。

少しして再開すると、咥え方がさっきよりやや深くなっているのに気づいた。奥に当たる感触も強まっている。

達也が突き上げてしまったことで、逆に限界がわかって、もう少しだけ深く咥えられると思ったのだろう。

——怪我の功名か……。

と同時に、彼女の学習能力に感心した。この歳まで未経験だった分は、みるみる挽回しそうな気がする。

——羞じらいを残しつつ、それができれば最高だ。

いろいろ教える愉しさを、あらためて思う達也だった。

「それを続けながら、さっきやったみたいに舌を動かせる？」

里菜はストロークを止めずに少し考えてから、舌を使いだした。たどたどしくはあるが、右に左に舌が動くと、にわかに快感が高まった。

「そうそう、気持ちい……ああ、巧い……巧いよ」

うわずりそうな声で褒めると、うれしそうに里菜の鼻息が強くなった。舌の動きも速まり、その分だけストロークが緩やかになっても、快感は拍車をかけて上昇する。

咥え方を浅くして裏の筋をよく擦るように言うと、位置を変えるだけでなく、動かしやすくなった舌で、縦に横に変化をつけはじめた。いちいち言わなくても応用が利くようになって、達也はひそかに心躍らせた。

しゃぶり続けるうちに唾液が溜まったようで、こぼさないように啜ると、里菜の口からじゅるじゅる卑猥な音がした。

「その音、いやらしくていいね」

昂ぶった声で言うと、恥ずかしがってそれきり二度と音を立てなかった。だが、しゃぶる力が急に強くなり、舌の密着度もさらに高まった。羞じらいがいっそう昂奮をかき立てたに違いない。

達也も快感が高まる一方だ。射精欲が兆しそうな気がして、そろそろ挿入する頃合いと見た。

4

「気持ちよくて、このまま続けると出ちゃいそうだ」

上半身を起こして言うと、里菜はペニスから口を離した。真剣な表情が急に羞じらいに染まったのは、褒められて照れているのだろう。短時間のうちに上達したのは自分でもよくわかるはずだ。

「もう入れたい」

達也はピンと天井を向いた肉竿を誇示するように、膝立ちになった。唾液にまみれた亀頭には小泡が付着して、里菜のおしゃぶりの名残を留めている。

「今日は危ない日だから……」

「外に出すから大丈夫」

いつもホテルでしているからコンドームの買い置きはない。もしかすると古いものが残っているかもしれないが、さがす時間がもったいない。

「心配しなくても、ちゃんと外に出すから」

「べつに心配はしてないけど」

何か言いたそうだったので、自信たっぷりに繰り返したが、妊娠の心配をしているわけではなかった。結婚を決めたのだから困ることはないと言えば確かにそうだった。

だが、それ以上のことは言わないので、達也も気にしないで、どんな体位にするかを考えた。

——ちょっと変わったところで、バックとか……。

里菜が後背位をあまり好まないので滅多にやらないが、いまはかなり昂ぶっているから行けるかもしれない。それにバックなら繋がったところがよく見える、という計算もあった。

「たまには気分を変えて、後ろからしてみたいんだけど、いい？」

里菜はシャツの前を合わせて、恥ずかしそうに頷いた。ブラジャーのフックが外れたままなので、仰向けになるより安心なのかもしれない。だが、腰を浮かせて後ろ向きになりかけたところで止まってしまい、少し考えてから、

「やっぱり普通がいい。後ろ向きだと、見えそうだから」

そう言って達也を見た。彼がそれを狙っていると思ったようだが、半分は図星

だった。

仰向けになった里菜は、まだシャツの前がはだけるのを気にしている。ブラで隠れていても、動けば見えてしまうからだろう。

「明るいのがそんなに気になる？」

「それはやっぱり……」

「あまり気にしてると、愉しめないんじゃないか」

達也は片手をついて里菜の上になり、竿に手を添えて先端をあてがった。すると迎えるように両手を差し出して、上体を引き寄せようとする。挿入時に秘処を見られるのも恥ずかしいので、早く抱き合ってしまいたいに違いない。

そこまでなのか、と内心苦笑しながら、先端で蜜穴をさぐって押し込む。

「はうっ……」

里菜は顎を突き上げて、息を洩らすようにあえいだ。

亀頭は思いのほかすんなり入った。ペニスをしゃぶっている間に新たな蜜が湧いたようで、技巧のみならず内面の変化も感じられるのはうれしい。

達也はゆっくり奥まで埋め込んで、摩擦感をじっくり味わいながら、そろりと手前まで引いた。まだまだ熟れていない肉壺はとても狭く感じるが、その分、摩擦感が半端ではない。口淫でかなり高まったあとなので、気持ちいいからといって下手に速く動けば、あっという間に果ててしまいそうだ。

だが、里菜は緩やかな抽送でも身をくねらせてあえぎ続けている。瞼を閉じて、うっすらくちびるを開いた表情が実に色っぽくて、普段の生真面目な彼女を思い浮かべると、なおさら昂奮させられる。

シャツは簡単にはだけたが、すでに気にしている余裕はない。双丘に乗っているだけのカップは、抜き挿しのたびに頼りなく揺れて、そのうちに乳首が飛び出しそうだ。

達也は小幅な動きを中心にして、しばらくは持続させることを考えていたが、しだいにぬめりが増して抽送がスムーズになった。

少しくらいなら速いストロークを交えても大丈夫そうなので、恥骨にぶつける感じで奥までずんずん突いてみた。

「あんっ……あんっ……あんっ……」

とたんに里菜は、高い声で悶えはじめた。

さらに強く腰を打ちつけると、シャツはすっかりはだけて袖を通しただけになり、ブラのカップも踊りだした。ピンクの乳暈がはみ出して、達也をしきりに誘惑する。

里菜が目を瞑ったままでいるのをいいことに、こっそり指でずらしてみると、綺麗な乳首が顔を覗かせた。抜き挿ししながら、どさくさ紛れにちょこんといじってみる。

「あうっ！」

甲高い声で仰け反り、狂おしげに体をくねらせた。摘まんでくりくり転がすと、あえぎながらも気がついて、カップを元に戻そうとする。

だが、再び激しく突き込むとそれもままならず、腕を宙に浮かせてぶらぶらさせるだけだった。

達也はいったんストロークを中断して、身を屈めて乳首を口に含んだ。ちょっと強く吸っただけで身を捩らせ、乳首が逃げそうになる。

だが、肩をしっかり押さえ、さらに額を押しつければ逃げられることはない。吸引に加え、舌と歯を使ってじっくり攻めることができた。

しかも、抽送を止めたことで、快楽の波はやや落ち着いて、肉壺の感触がはっきり伝わってくる。

引き攣るようにひくっ、ひくっと締まるかと思うと、ふいに二、三秒だけ収縮したままになったりもする。乳首への刺激と連動しているのは間違いなく、喜悦の叫び声を上げているかのようだった。

小休止のあとで、ゆっくりスライドを再開させると、小刻みな引き攣りが立て続けに起きて、ペニスが心地よい波動に包まれた。緩やかに律動しているだけなのに、かえって卑猥な蠢きがつぶさに感じ取れる。

乳首を甘咬みすると、とたんに収縮が強まって、ゆっくり抜き挿しするだけでも鋭い摩擦感が得られた。

抽送を止めても蠢動《しゅんどう》はもうやまない。じわじわっと快感が高まって、制御が難しくなりそうだ。

達也は乳首から離れ、上体を起こして最後の追い込みにかかった。ストロークを速め、射精欲の高まりを測る。

里菜も十二分に高まっている様子で、体をくねらせ、頭を右に左に忙《せわ》しなく振り乱している。

「イ、イクよ……もうイクよ……」

頂上に近づいたことを告げ、最後にずんっ、ずんっ、ずんっと三回強く突き込んで、すぐさま引き抜いた。ぶるっと反り返る肉竿を摑むと、片手で体を支え、里菜の下腹めがけてしごきまくる。切羽詰まったペニスは蜜液のぬめりで一気に炸裂し、黒い縮れ毛の上に白濁液を撒き散らした。

里菜は乳房も腹も大きく波打たせ、あえぐ息で口をぱくぱくさせている。定まらない視線を宙に彷徨《さまよ》わせ、露わな乳首を羞じらうことさえしなかった。

その上に折り重なった達也は、急激に引いていく波に乗って、快楽の余韻にひたった。里菜の秘毛のざらつきと白濁液のぬめりが、重なった腹の下で混ざり合うのを、ぼんやりと感じていた。

「すごかったね。いままでで最高だったかも」

「うん……」

少し落ち着いてから声をかけると、里菜はまだ上気した顔で小さく頷いたが、それきり恥ずかしそうに黙り込んでしまい、乱れたブラのカップとシャツを慌てて整えた。

達也はティッシュを何枚か取って渡し、自分も後始末をした。

終わって身繕いをしていると、居間で電話が鳴った。達也はズボンを穿いただけで、上半身裸のまま階段を下りた。

電話は旅行中の母、昌枝《まさえ》からだった。さっき宿に戻ったばかりらしい。

「里菜さんは、もういらしてるの？」

「来てるよ。そろそろ晩御飯の支度を始めようかってとこ」

「ゆっくりしていくようにって伝えてね」

それから昌枝は、今日見てきた津和野のことなどかいつまんで話し、明日の夕方には帰るからと言って電話を切った。

宿に戻ってまだ落ち着いてもいないうちに電話してきたのは、夜ではなくもっと早いうちにと考えたからに違いない。里菜が泊まると言ってあるから、邪魔をしないように気を回したのだ。

「まあ、確かにそれはありがたいけどね」

達也はひとり言を言って、早くも夜の二回戦に思いを馳せる、暗くなればあんなに恥ずかしがったりはしないはずだと。

第三章　開く淫花

1

翌週の水曜日、達也は午前の半休を取って、朝早いうちに武蔵小杉にある真理子のマンションへ向かった。

「真理子さんと美和にもお土産を買ってきたから、届けてちょうだい」

旅行から帰った昌枝に言われたのだが、どうしてそんなことを頼むのか、すぐにはわからなかった。

「自分で行けばいいのに。孫の顔が見たいんじゃないの？」

「わたしはまたにするよ。それより届けがてら、結婚のことを真理子さんに報告しておきなさい。まだ言ってないんでしょ」

「そういうことか」

本当は孫の顔が見たいだろうに、わざわざ婚約したことを知らせる機会を作ったのだと達也は理解した。

里菜のことは、真理子にも知らせなければと思いつつ、先延ばしにしていた。婚約の報告そのものより、彼女の口から〝おめでとう〟と祝福されるのが何となく嫌だったからだ。放っておけばそのうちに母が知らせるかもしれない、という気持ちもあった。

だが、真理子に対するひそかな思いを、母はかなり以前から察していたようで、だからこそ達也自身の口から報告することで、区切りをつけさせたいと考えたのかもしれない。

母に気づかれていると感じたのは、和彦の一周忌が過ぎて少しした頃だった。真理子と籍を入れてはどうだろう、と父母から提案されたのだが、そのとき母は、〝お前も本当はそう願ってるんだろう？〟という目をしたのだ。

そもそもの発案者は母で、父はいい考えだと賛成したそうだ。何でも昔はわりとよくあったことで、とりわけ戦争中や戦後間もない頃は、戦死した夫の兄弟と再婚するケースは多かったらしい。親から聞いた話として、父がそんなことを言っていた。

両親から、お前さえよければ真理子に話をすると言われ、一も二もなく頷くところだったが、

「オレはそれでいいよ。美和ちゃんも懐いてくれてるから、すんなり父親になれるかもね」

あえて素っ気ない言い方をした。母にずっと前から見抜かれていたとわかって、内心慌てたからだ。

いずれにしても、話は親子三人の間ではすぐにまとまった。真理子はたぶん承知してくれるだろう、と予想もしていた。

それから間もなく、真理子が訪ねて来たおりに父がさり気ない調子で伝えたそうで、達也は高まる期待とともに彼女の答えを待っていた。

ところが、返事はなかなか来なかった。真理子は当時、以前勤めていた百貨店にパート勤務に復帰して間もない頃で、保育園の送り迎えもほとんど自分でやっていた。だから、忙しくて大変なのだろうと、両親も返事を催促するのは遠慮していた。

そうこうしているうちに父が、

「もしかしたら、その気はないけど、断りにくいんじゃないだろうか」

と言いだしてから、両親の気持ちはしだいに冷めてしまい、話は自然と立ち消えになった。

ところが、達也はそれで終わりというわけには行かなかった。はっきり断られたのであれば諦めもついたが、うやむやになったことで思いを引きずる羽目になったのだ。

真理子が再婚して、里菜との結婚を決めたことで、それも解消できると思っていたが、どうやら胸のずっと奥で燻り続けていたようだ。真理子との甘美な記憶が甦ると、どこかに押し込めることはもう不可能だった。

母に言われて旅行の土産を届けることになって、達也は真理子とゆっくり会う時間がほしいと思った。二人きりで会えるのは、たぶんこれが最後になるからだ。

わざわざ休みを取ったのは、そういうわけだった。

早朝に行くことにしたのは、幼稚園のバスが来る前なら、ついでに美和の顔が見られると思ったからだ。真理子とは三月の彼岸に顔を合わせているが、美和は正月に会ったきりだった。

真理子たちのマンションの近くまで来ると、手を繋いで歩いて来る二人の姿が見えた。真理子はグレーの粗い格子柄のワンピース、美和はサックスブルーの園児服に黄色の帽子だ。

横断歩道を渡ろうとしたところで、美和が達也に気づいた。真理子に何か言うと、懸命に手を引っ張ってこちらに来ようとする。

表情がわかるくらいまで近づくと、とうとう手を振りきって走りだした。達也は真理子に軽く会釈して、歩道にしゃがみ込んだ。

「やあ、美和ちゃん、久しぶりだねえ。元気にしてたかな?」

「うん。叔父ちゃん、どうしたの。うちに来たの?」

「そうだよ。ママにちょっと用事があってね」

「ママに?」

美和はあとから来る真理子と達也を交互に見ると、少しくちびるを尖らせた。達也によく懐いている美和は、どうやら自分に会いに来たと言われなかったのが不満のようだ。幼稚園の年中だが、こんなに小さくてもやはり女の子だ。

美和が懐いているのは、達也が顔立ちも体格も亡兄とよく似ているせいもあるようだ。和彦が事故で亡くなった当時、まだ三歳に満たなかった美和は父親の死がよく理解できず、四十九日の法要のときに、久しぶりに帰って来たと思って達也をパパと呼んだのだ。

パパではなく叔父ちゃんだと理解させるのに真理子も周りも難儀したが、納得してからの美和は、父親ではなく、年の離れたボーイフレンドのように懐いてきた。真理子に連れられて家に来るたびに、一緒に遊ぶのを愉しみにしていた。

彼も何やかやと用事を作っては訪ねて行き、遊んでやった。もちろんそれは真理子に会いたいがためで、美和と遊ぶことは口実として都合がよかったのだ。

「おじいちゃんとおばあちゃんから、ママにお土産を預かってきたんだよ。美和ちゃんにも、ほら、いいものがあるよ」

お土産を入れた手提げから、小さな包みを出して美和に渡した。可愛いウサギのストラップだと母から聞いている。

美和はすぐ開けようとしたが、手を止めて見上げ、真理子が〝開けていいよ〟と頷くのを待ってから包みのテープを剝がした。

中からフエルト製の小さなウサギのストラップが出てきて、美和は大喜びだ。

「ずいぶん早かったのね」

「せっかくだから、美和ちゃんが幼稚園に行っちゃう前に、顔を見ておこうかなと思って」

そう言って頭を撫でてやっても、美和はもうストラップに夢中で、目の高さにかざしてずっと眺めている。よほど気に入ったらしい。

「お父さんもお母さんも、お元気かしら」

真理子の声はやや他人行儀に聞こえ、再婚してもう兄嫁ではないと告げているようでドキッとした。

彼岸に両親と一緒に墓参りしたときは、嫁の雰囲気を残していたのに、二人で会うとこうなるのだろうか、と思うと残念でならない。だが、それを顔に出さずに立ち上がった。

「おかげさまで。旅行が愉しかったたって、上機嫌で帰ってきたよ」

「それはよかった。いつもなら美和の顔を見に来るはずなのに、お土産は達也さんが届けるっていうから、もしかして旅行から帰って疲れが出たのかなって」

「ああ、それはまあ、なんていうか……オレがちょうど休みを取ってたから、届けてやるって言ったんだ」

いきなり立ち話で婚約の報告もないだろう、という気がして適当にごまかした。

「美和ちゃん、それ、バッグに付けてあげようか」

通園バッグにウサギのストラップを付けてやろうと手を出すと、美和は胸元にしっかり抱えて首を振った。

「ダメなの」

「えっ、なんで？」

「ダメなの、なんでも」

頑なに首を振る娘に代わって、真理子が教えてくれた。一人がそういうものを付けると、みんなが付けたがるので、やめようということになっているそうだ。

「いろいろと気を使うことが多いのよ」

「なるほど。大変だね」

園児の母親の顔で言う真理子は、よく見るとやや元気がなさそうだった。家事と育児に追われているのだろうと思い、疲れが出ているのは自分の方ではないか、と達也は案じた。

「あっ、バスだ！」

美和が声を上げたので見ると、幼稚園の黄色い送迎バスが停車するところだった。バスポイントは道路の反対側だから、横断歩道まで少し戻らなければいけないのに、美和は乗り遅れると思ったのか、真っすぐ乗り場に向かって道路に飛び出した。

「だめよ！　危なっ……」

真理子が叫んだ直後、
キキーッ！

声をかき消す鋭いブレーキ音が響いて、びっくりして立ち止まった美和のほんの二メートル手前で乗用車が急停車した。

達也も全身が硬直して、背中に嫌な汗が浮いた。三年前、事故で搬送された病院のベッドで、横たわったまま目を覚まさない兄の姿が脳裡をよぎった。

真理子を見ると、顔面蒼白で立ち尽くしている。達也はすぐさま道路に出ると、運転手に頭を下げて、美和をバスまで連れていった。

美和はすぐにケロッとして、乗車して席に座ると、窓越しにニコニコ顔で達也に手を振った。

バスを見送っても、真理子は反対側の歩道でさっきと同じ姿勢で固まっていた。

急いで駆け寄ると、まだ顔は蒼白く、目はどこを見ているのか焦点が定まらない様子だった。

「義姉さん……」

肩に手をやると、ようやく安堵したように表情を緩めた。だが、いままで硬直していた体が急に震えだして、血の気が引いたくちびるも戦慄《おのの》いている。見ると膝がガクガクして、立っていられるのが不思議なくらいだった。

達也は両肩を摑んで真っすぐ向かい合い、

「無事だったんだから、心配要らないよ。もう大丈夫だから、落ち着いて」

ゆっくり諭すように言った。真理子はしゃがみ込みそうになるのを、彼の上着の腰のあたりを摑んでかろうじて堪えている。

その腕を摑んで支え、やさしく声をかける。

「とにかく家に戻ろうよ。少し休めば落ち着くだろうから。ね、そうしよう」

真理子は頷いて、ようやくひと言、呟いた。

「ごめんなさい」

達也は腕を支えたまま、足取りの覚束ない彼女をマンションまで連れて行った。

2

「ありがとう。助かったわ。もし達也さんがいてくれなかったら、どうなってたかしら。ほんとに情けないわね」

何とかマンションまで帰り着くと、真理子はリビングのソファに崩れるように腰を沈めた。脚の震えはかなり治まってきたが、表情はまだ硬い。

「オレがもっとよく注意してなきゃいけなかったんだ」

「そんなことないわ。わたしがボンヤリしてたのよ」

それでもお互いに安堵して、そんなことを言い合った。

達也にとっては、正月に初めて寄せてもらって以来の新居だ。真理子と二人きりでいるのは妙な感じだが、おかげで再婚相手の坂元のことをあまり意識しないでいられる。

四十歳で初婚の彼は、真面目そうだが風采の上がらない印象で、どうしてあんな男と一緒になったのか、達也は不思議だった。考えるたびに胸が悪くなりそうなので、できるだけ意識の外に置いておきたいのだ。

「預かってきたお土産は、キッチンのテーブルに置いといたからね」

「ありがとう。ちょっと休んだらお茶を入れるから、悪いけどもう少し待っててちょうだいね」

「いいよ、そんな気を使わないで、ゆっくり休んでいればいいさ」

「ごめんね……」

真理子はこめかみを押さえて深呼吸する。達也は上着を脱いで横に腰を下ろし、顔を覗き込んで様子を窺った。すると、こめかみに手を当てたまま、真理子はぽつりと呟いた。

「さっきね、和彦のことを思い出しちゃったのよ、病院の集中治療室。体に管をいっぱい繋がれて……」

しばらく顔面蒼白で立ち尽くしていたのは、やはりそういうことかと思った。達也も同じことが頭に浮かんでいた。あの事故で和彦は、丸二日間昏睡状態が続き、そのまま息を引き取ったのだ。

「そうしたら、急に恐ろしくなっちゃって」

「オレも一瞬、あのときのことを思い出しちゃったよ。ずっと眠ったままで、一度も目を覚まさないで……」

あらためて当時のことを思い浮かべ、ため息交じりに声が沈んだ。

真理子は口を噤《つぐ》んで俯いた。また思い出させてしまったなと、すまない気持ちになったが、かける言葉が見つからず、虚ろな横顔を黙って見守るしかなかった。

しばらくすると、真理子の頬を涙がひと筋、ツーッと伝い落ちた。

達也はハッとなって、胸を締めつけられた。

「ごめん……つらいこと、また思い出させちゃって」

無意識のうちに真理子の背中に手を置いて、そっとさすっていた。

真理子はかぶりを振って、寄りかかってきた。その重みを受け止めるように両腕でそっと包むと、ほんのりと甘い、花のような匂いがした。

——義姉さん……。

鼓動が急に速まって、口の中がカラカラに乾いた。思わず強く抱きしめそうになったが、真理子がさらに激しくかぶりを振ったので、我に返った。

「……どうしたの？」

どこか様子が妙だと感じたが、何も答えてくれない。亡夫のことを思い出して悲しいのはよくわかるが、そんなに激しくかぶりを振ってどうしたのかと思っていると、寄りかかる重みがさらに増した。

「ねえ、どうしたの？」

もう一度尋ねても、答えはない。じっと身を硬くしている真理子を両腕で包み込んだまま、達也は言葉をさがしあぐねていた。

しばらくすると、俯いた彼女の口から、押し殺すような呟きが洩れた。

「坂元と再婚したのは、間違いだったかもしれない」

「えっ……」

唐突な言葉に、達也は声を詰まらせた。和彦のことで悲しんでいるものと思っていたら、ずいぶん飛躍したことを言うので戸惑った。

「前にお父さんに言われたことがあるの、達也さんと一緒になることは考えられないかって。強く勧められとか、お願いされたとかではないんだけど」

急に胸がドキドキしてきた。再婚が間違いかもしれないと言われ、それに自分がかかわっているとなると、落ち着いてはいられない。

「そのときは仕事に復帰して間がなくて、美和のこともあって頭がいっぱいだったからきちんと考えている余裕がなくて、もしあのとき返事を催促されていたらって、いま頃になって思うんだけど、本当はそうした方がよかったのかもしれない。あの子もその方がうれしかったと思うわ」

真理子はそう言って、達也の胸に顔を埋めた。硬かった体がみるみる柔らかくなっていく。

「そうだったんだ……知らなかった」

声がかすれて、巧くしゃべれなかった。諦めたはずの真理子への思慕が、実は胸の奥で燻り続けていたことを思い知ったばかりなのに、いまの夢のような言葉がもう一度焚きつけようとする。達也は力ではなく、気持ちをこめてしっかり抱きしめた。

「あのときは……義姉さんはその気がないのに、断りにくいだけじゃないかってオヤジが言いだして……それで、そのうちに話が立ち消えになってしまって……でも、そういうことじゃなかったんだ」

自分自身に言い聞かせるように呟くと、真理子は胸に頬を埋めたまま、うんうんと小さく頷いた。すれ違っていただけだとわかって、達也はいっそう勢いづいた。抑え込んだ思いを解き放てる瞬間が来たのだ。

だが、そう思ったとたん、里菜の顔が頭に浮かんで、婚約したという事実が真理子へ向かう気持ちに水を差した。

抱きしめる力が弱まって、それでも手を離す気にはなれず、中途半端な状態で身動きできずにいた。

真理子はずっと体を預けたままだ。何やらとてもリラックスしているようで、連れて帰ったときとはまったくの別人だが、再婚は間違いだったのでは、と言った彼女とも違っている。

「なんだか、とっても懐かしい感じ……」

腕の中で真理子がふと呟いた。

「懐かしいって?」

「和彦に抱きしめられているみたいなの」

リラックスしていると感じたのは、そういうことだったのだ。

「顔も体つきもよく似てるからかしら。でも、声はちょっと違うわね」

うっとりした声音が、最後だけ少し寂しそうに聞こえた。

兄貴の代わりなのか、という気はしたが、それでも熱いものがこみ上げて、達也は髪に頬を押し当てた。シャンプーの香りに微かな皮脂の匂いが混じっていて、生身の真理子に触れた気がして胸が躍った。

彼女が顔を上向けるので、嫌なのかと思ったら、首筋にそっとくちびるが触れた。首から顎の下にかけて、湿ったくちびると温かな鼻息でくすぐられ、思わず生唾を呑み込んで喉が鳴った。

「義姉さん、そんなことすると……」

抑えが利かなくなりそうで、急に焦りを覚えた。積もった思いが叶いそうな予感はするが、結婚を決めたいまとなっては、素直に歓ぶわけにはいかない。婚約した現実はやはり重く、これがもう少し早かったら、とどうしても考えてしまうのだ。

その一方で、婚約はしたものの、まだ入籍したわけではないという見方も確かにあった。

この期に及んでまだ迷っていると、真理子のふっくらしたくちびるは首から頬へ這い上がり、耳に湿った熱い息がかかった。

「もう義姉でも義弟でもないでしょ、籍は抜けてるんだから」

「そんなこと言っ……」

真理子はくちびるを重ねて言葉を遮り、すかさず舌を入れてきた。意表を衝かれて身動きできずにいると、果敢に舌を蠢かせ、大胆に達也を煽り続ける。

籍は抜けたといっても、いまは坂元の籍に入っているのだが、再婚は間違いだったということで、気持ちは固まったのだろうか。

だが、達也はまだ里菜のことを脳裡から振り払えないでいる。誠実さというより、やさしさが徒《あだ》になっているようで、言い換えるとそれは気の弱さでもあった。

戸惑っていても彼女の舌はさらに蠢き続け、ぬめぬめ擦ったり、ちろちろ弾いたりを繰り返している。達也は頭が痺れるようにボーッとしてきて、甘美な誘惑に寄り切られそうだ。

わずかに舌を差し出すと、真理子は様子を窺うように動きを止めたが、すぐにまた動きだして、前よりもさらにねっとり擦りつけてきた。

それに応えて軽くからめてしまうと、達也は堰《せき》を切ったように舌を使いだした。さっきまで躊躇っていた反動なのか、貪るように舌を吸っては擦り、吸っては弾きを繰り返した。

そのうちに真理子の体から力が抜けてきて、二人はどちらからともなくソファに横たわった。仰向けになった彼女の両脚が開き気味なところへ、達也は片脚を割り込ませる形で覆い被さってから、慌ててネクタイを外した。

濃密なくちづけを交わしながら、彼女の肩から腕、腰、太腿、さらには尻も背中も、あらゆるところを夢中で撫でさすった。空想の中で何度触れたか知れないが、こうして現実になるとは思ってもみなかった。

彼女も両手を腰に回して、達也を受けとめている。互いの太腿と股間が重なり合っているので、ペニスは柔媚な圧迫を受け、秘丘の盛り上がりがもろに感じ取れた。

夢中で撫で回していた達也だが、ワンピースのバストに手を伸ばすと、感触を味わうようにやんわり揉みあやした。たっぷりした柔肉が手のひらから溢れ出る、その量感に目眩がしそうだ。

からめ合う舌の奥から、真理子のあえぐ息が洩れて、揉みしだく手つきはしだいに荒々しくなった。むにっと歪んでは戻る小山の頂に、ぽつんと触れるものを感じる。指先で丹念に擦ると、心地よさそうに身をくねらせた。

「ああ、達也さん……」

離れてしまったくちびるから、せつなげなあえぎ声が洩れた。

なおも集中して擦り続けると、真理子は大きく身を悶えさせた。

だが、ただ乱れてしまうわけではないことに、やがて気がついた。尻を浮かせて、秘丘を太腿に押しつけてくるのだ。

最初は腰がくねって偶然当たるだけだと思ったが、何度も続くので気にして様子を窺うと、意図的に押しつけているのがはっきりした。そうするとクリトリスが気持ちいいのだろう。

試しに腰を浮かせて、膝の少し上の部分を真理子の股の間にあてがってみた。

バストを揉みしだきながら下半身を覗き込むと、真理子の腰が波を打ちはじめた。

秘丘を押しつけるというより、擦りつけている。当たる位置が恥骨の上から、より谷間に近くなって、直接クリトリスが擦れるに違いない。

——こんなことをするのか……。

卑猥な腰つきを目の当たりにして、昂奮を抑えられない。瞼を閉じてあえいでいる真理子を見ると、意識的にやっているかどうかはわからないが、熟れた肉体が貪欲に快楽を求めているのは明らかだ。

ワンピースの上から乳首を摘まんでぐりぐり揉み回すと、身を捩って悶え、腰も横にずれてしまった。ところが、攻めるのをやめると、気を取り直したように股間を押しつけてきて、また上下に波打たせるのだ。

——間違いない。意図してやってるんだ。

確信した達也は、もっと露骨に見えるようにと思って、ワンピースを腰の上まで捲り上げた。彼女は相変わらず目を瞑ったままなのに、尻を浮かせて捲りやすくしてくれた。

現れたローズピンクのショーツは、ウエスト部分がレースになっただけのシンプルなものだが、秘丘の円みがくっきり浮き上がって見えるのが、何ともエロチックだった。

そのこんもり盛り上がった丘から谷間へ落ち込むあたりに、今度は膝をあてがった。ワンピースの上からではあまり感じなかったが、下着越しに触れたその一帯は熱を持っていて、ズボンの膝がじんわり温められる。

真理子は股間をぐいと押しつけて、腰を揺すって自分から揉まれる形に持っていった。思わずバストを攻めていた手が止まり、卑猥な腰の動きに見入ってしまった。

片足をソファから下ろして踏ん張ると、秘部にあてがった膝を自由に動かせる。ちょっと持ち上げてみると、追いかけるように真理子の腰が浮いて、クリトリスと思しきあたりを押しつけた。

さらに彼女も片足を床についていて、あられもなく脚を広げたので、達也は体を起こして真上から接触箇所を見下ろした。

真理子はそれに気づいていないのか、妖しい腰つきで擦り続けている。膝を押しつけてやると、太腿で挟みつけたり緩めたりを何度も繰り返す。

最初は一定のリズムで続いていたが、ふいにぎゅっと強く挟んだままになったかと思うと、ふっと力が抜けて、しばらく動きが止まった。

——イッたのか……？

くちびるを戦慄かせる表情はアクメを思わせるが、すぐにまた秘部を押しつけて腰を揺すりはじめた。それに合わせるように膝を揺らすと、巧くリズムが合って、腰使いはいっそう妖しく淫靡なものになった。

膝が湿ってきたように感じたので、ちょっと離して見ると、ローズピンクの下着の真ん中に大きなシミができていた。紺色のズボンの膝も黒っぽく色が変わっている。さかんに揉み込んだせいで、花蜜が広範囲に染みてしまったのだが、それにしても夥《おびただ》しい量だった。

するとふいに真理子が目を開けて、視線がもろにぶつかった。

「いやぁ……」

自身のあさましい姿に恥じ入って、激しくかぶりを振った。

だが、再び膝を当てるとすぐさま腰を揺すりだして、かぶりを振りながらどんどん激しくなる。勝手に動いてしまって止められないのだ。

あまりにもエロチックな姿態は、達也の想像を超えていた。数えきれないほどやりまくったオナニーのネタでも、こんな卑猥な場面を思い浮かべたことはない。これでもかというほど劣情を煽られて、欲望はさらに加速していった。

達也は屈み込んで真理子の背中に手を入れると、ワンピースのジッパーを下ろし、ブラジャーのフックを外した。ワンピースとブラを一緒にずり下げると、たわわな乳房が、朝日が差し込むリビングで剝き出しになった。

見るからに柔らかそうな双丘の中心に、淡い褐色の乳首が痼《しこ》り立っている。美和を育てたにしては、乳房はまだ張りを失っていない。整ったお椀型の円みといい、シミひとつないきめ細かな肌といい、息を呑む美しさだった。

「なんて綺麗なんだ……」

達也は吐息のような声で呟いて、触れるのも忘れてしばらく見入っていた。

ふと気がつくと、真理子の頰に涙の筋が見えた。上気した顔をうれしそうに崩しているから、悲しいわけではないようだが、

「どうしたの？」

尋ねてもただ首を振るだけだ。綺麗だと言われてうれしいのだとしても、涙は大袈裟な気がする。だが、胸の内を推し量れるだけの女性経験が、達也にはなかった。

我に返ったように円やかな乳房に手を伸ばし、やわやわと揉みあやして、見た目以上の柔らかさに驚かされた。変幻自在に形を変えて、指の間から溢れ出そうなくらいだ。

それでいて、揉む手をやんわり押し返す弾力があるので、摑んだり揉み回した

り、あるいは下から搾り上げたりと、いろいろやってみた。

そのたびに尖った乳首が躍り、指で擦れ、真理子は息をあえがせる。摘まんでくりくり転がすと、自分の指を咬んで洩れそうな声を押し殺した。せつなげに歪んだ表情が、男の劣情をそそる。

さらに達也はもう一方を口に含み、舐め転がした。指と舌で同時に攻められて、懸命によがり声を抑えているようだが、くぐもった声が洩れるのは止められない。

軽く歯を立てると肩がびくっと揺れたので、もう少し強めに咬んでみると、

「あはぁ……」

甘く鼻から抜けるような声を洩らして戦慄いた。加減がわかったので、歯と舌で愛撫に強弱をつけ、指も摘まんだり弾いたりというように変化させた。

リズムを変えながらだと、両方同時にやるのは難しいが、どちらを攻めても真理子は気持ちよさそうに身悶えする。

「ああ、いいわ、達也さん……もっと……もっとよ……」

達也の頭に手をやって、髪を撫で回しながら、うわ言のように囁いた。そして、秘部を押しつけるのも忘れない。膝の湿り気がさらに増しているから、もうたっぷり蜜が染み込んでいるに違いない。

ショーツがどうなっているか見てみたくて、達也は乳房から離れて体を起こした。すると真理子は、息をあえがせながら、胸の下から腰のあたりにまといついているワンピースとブラジャーに目をやった。

「邪魔だから、全部脱いじゃう。達也さんも脱いで」

そう言って起き上がりながら、両脚をしっかり閉じてソファから下ろした。ショーツに大きなシミがついているのを見られるくらいなら、自分から脱いでしまおうというのだろう。

座ったままブラと一緒にワンピースを脱いでしまうと、さっとたたんで達也も脱ぐように目で促した。頷いて立ち上がり、ズボンからシャツを引っ張り出してボタンを外していくのを見て、真理子も腰を浮かしてショーツを脱ぐ。

素早く脚から抜き取ると、たたんだワンピースの下にしてソファのすぐ横に置いた。そのときチラッとショーツの内側を確認するのを、達也はシャツを脱ぎながらさり気なく観察していた。

——やっぱり見られたくなかったんだ。

ズボンの膝が黒っぽいシミになっているのは、たぶん見て見ぬふりをするのだろうと思った。ところが、

「ごめんなさいね。ズボン、汚しちゃったわね」

湿って色が変わった部分を見て、素直に詫びた。自分で言って恥ずかしくなったのか、上気している頬がさらに赤くなった。

真理子は左腕を曲げて乳房を庇い、右手は内腿の間に挟んで秘毛を隠そうとしている。あれだけ乱れた姿を晒しても、裸を見られるのはやはり恥ずかしいようだ。その様子は年下の達也にも可愛らしく思えた。

「ちょっとビックリしたな。義姉さん、すごく感じやすいんだね」

なぜか達也も照れくさくなって、ついそんなことを口走ってしまった。真理子はさらに羞恥をつのらせ、顔を背けたが、視線はちらちら彼の下半身に向いている。

ブリーフ一枚になった達也は、もっこり隆起した自身の股間を見て、真理子が布団の中に手を入れてきた、あの夜のことを思い出した。

——どういうつもりで触ったのか……。

幾度となく繰り返された疑問がまた浮かんだが、それはもうどうでもよくなりかけていた。

ペニスはすでに硬く勃起していて、最後のブリーフを脱ぐと、天井を向いて聳り立った。さっきからちらちら見ていた真理子は、あの夜と違って、肉竿を凝視したまま固まった。

熱い視線をまともに受けて、背筋がぞくっと痺れた。正面に回って仁王立ちで見せつけると、体の芯までぞくぞくして、膝が震えるほど昂ぶりを覚えた。

手を取って握らせようか、それとも自分から触ってくるのをじっくり待ってみようか——考えるだけで、ますます昂奮してくる。

目を丸くしていた真理子が、だんだんと蕩けそうなまなざしに変わるので、それならこのまま見せつけていようと思った。

だが、何もしないより、しごいて見せる方がより刺激的だと気がついて、達也はこれ見よがしに竿を持って、目の前でしこしこやってみせた。

雁首の下をしごいているだけで、竿はさらに硬く反って、亀頭はパンパンに膨れ上がった。大きな拳をぐいっと突き上げたようで、自身の逞しさに惚れぼれしてしまう。

真理子は目を潤ませて、屹立した肉竿に釘付け状態だ。くちびるは半開きになっている。

達也はふと彼女の股間に目が行った。秘毛を隠すように右手を内腿の間に挟んでいるが、さっきと位置が変わっているようで、よく見ると微かに動いているのに気がついた。

——いじってる!?

秘裂に指をしのばせて、こっそり触っているに違いないと思った。見られても気にする様子はないので、こっそりというより、無意識のうちにいじりはじめたのかもしれない。

思わぬ発見に沸き立って、しごく手を速めた。すると急に射精欲が高まるのを感じて、慌てて止めた。鈴口から透明な汁が湧いて、竿を滴り落ちる。しごいて見せていただけなのに、意外と危ういところだった。

ほっと胸を撫で下ろした達也は、真理子の状態を確かめようと、太腿の間に手を差し入れた。

「だめっ……」

咄嗟に脚を締めても、自分の手を挟んでいる分だけ隙間があるので、簡単に手が入った。さほど力をこめなくても広げさせることができたが、真理子は潤んだ目を泳がせて、大きく開脚させた中心を右手で隠している。

達也はその前に膝をついて、両の太腿を撫でさすった。すべすべした柔肌の手触りが心地よい。

真理子も気持ちいいだろうと思って愛撫を続けても、相変わらず秘部を隠したまま、視線を彷徨わせている。

手を退けるように言おうか、それとも強引にやってしまおうか、思案しながら秘部を覆う手をよく見ると、中指の先だけが艶々と光っている。

――こ、これは……！

淫靡な光景に気がついて、ペニスがずきっと反応した。やはり推測は当たっていた、目が泳ぐのも当然だ、と思った。だが、そのわりに脚を開かせるのに抵抗しなかった。口ではダメと言いながら、意外と拒む気はないのかもしれない。

「義姉さん、その手をどけてもらえないかな。よく見たいんだ」

「ああ……達也さん……」

真理子は声と一緒に手も震わせて、観音扉をゆっくり開くように、達也の目に秘部を晒した。

拒む気がないどころか、言えば自分から見せてくれるなんて、信じられないことが目の前で起きている。

しっとり露に濡れた花が半ば咲きかけて、淡褐色の花びらも、赤みがかった内部も、艶やかな光を放っている。淫靡な美しさに達也は息を呑んだ。穴の中にも蜜が溜まっているのが見えて、いまにも湧き出しそうだ。

「こんなに濡れてる……」

思わず声に出すと、淫花は呼吸でもするように収縮して、中に溜まっていた透明な蜜が押し出された。

触りたい衝動に駆られたが、ひと足先に真理子の指が動いて、溢れた蜜を花びらの外側にまで塗り広げた。捩れた肉びらは、にゅるっと滑って元の形に戻る。まるで生き物が蠢いているように見えていやらしい。

全体がねっとり蜜まみれになると、ぷくっと膨らんだ莢から半分覗いている芽を、中指で擦りはじめた。見られていてもかまわないというより、積極的に見せているように思えてならない。

「あっ……はあっ……ああ……」

細い顎を持ち上げて、真理子は甘い声であえいだ。手を出したい衝動を懸命に抑え、達也はあえて観客でいることを選んだ。彼女がそうやって見られることを望んでいるように思えたからだ。

「なにしてるの、義姉さん」

声をかけたとたん、真理子は弾かれるように手を引っ込めた。だが、脚は大きく広げたままで、さっきよりもさらに開いてきた淫花を隠しもしない。

相変わらず顔を背けて視線を合わせないようにしているが、それだけ見られている意識が強いに違いない。

「やめなくてもいいのに」

達也の言葉にすぐ反応して、再びいじりだした。まるで許可が下りるのを待っていたかのように素早かった。

しかも、指の動きは前よりも大胆だ。肉の芽を擦るというより、莢ごと大きく揉み回している。そうかと思うと、ピンと伸ばして小刻みに振動させる、バイブレーターさながらの指使いまで見せた。

「そんなふうにするんだ……」

ＡＶなど比較にならない、現実のオナニーのなまなましさに圧倒されて呟くと、真理子は狂おしげにかぶりを振り、いっそう激しく指を使った。表情はますます蕩けてくる。

自分の言葉で彼女を昂ぶらせているのが実感できて、達也は言い知れぬ愉悦を覚えた。

「義姉さんて、ホントはいやらしい女だったんだね」

わざと煽るようなことを言うと、真理子は髪を振り乱して悶えた。

「そうよ……いやらしいこと、いっぱい言って……もっといじめて……もっといっぱい言って……」

うわ言のように繰り返し、空いている手で乳房を摑むと、人差し指で乳首をちろちろやりだした。

最初は指の腹で転がしていたが、そのうちにピンクの爪で掻いたり、摘まんで揉み回したり、忙しなく変化していった。乳房にぐりぐり押し込んだりもする。それが意外と激しく、とりわけ摘まんで揉むときは、驚くほど強くやっている。

「そういうのが気持ちいいんだね」

感心したことが、そのまま言葉になった。次に乳首を攻めるときの参考になりそうだ。

一方、秘部はもう、ぐしょぐしょの洪水状態だ。溢れた花蜜が滴り落ちて、布製のソファにシミを作っている。

真理子はとうとう蜜穴に指を入れて、ぐちょぐちょやりだした。瞬く間に指は蜜まみれになり、深く入れると手の甲まで濡れてしまう。

「義姉さん、いやらしい音がしてる」

ちょっと激しくやるだけで淫らな濡れ音がして、達也が指摘するとさらに大きくなった。派手に響くようにわざとやっているのは明らかで、達也は煽りがいを感じてますます勢いづいた。

「ずいぶん慣れてるように見えるけど、いつもこんなことしてるの？」

「……しちゃうのよ、しかたないの……だめなの、ああっ……」

素直にオナニー癖を告白されて、脳天まで痺れそうな昂ぶりを覚えた。幼い美和を寝かしつけた横で、秘部に指を這わせ、声を殺して喜悦する姿が目に浮かぶようだ。

だが、どうだろう、夫を亡くして熟れた体を持て余すのはわかるが、再婚したいまもそれが続いているのだろうか——。

気にはなったが、坂元のことを口にするのは嫌だった。あの男と再婚したことをいまだに納得していないので、たとえば夜の坂元が役立たずだったら、どんなにいいだろうとさえ思う。

——それなら、代わりにこのオレが……。

思いきりイカせてやるぞ、と意気が上がった。

「義姉さん、自分の指でイクまで続ける？　それとも……」

達也は片手でペニスを握りながら、真理子の内腿を撫でさすった。秘裂ぎりぎりまで手を這わせる、花蜜のぬめりに触れて、すぐにでも突き入れたくなってしまう。

「ちょうだい……達也さんの……ちょうだい」

「やっぱりそうだよね。こっちの方がいいよね」

膝立ちになって、亀頭を内腿に擦りつけた。衝きたての餅のような柔らかさが心地よくて、そこで擦り続けていても射精できそうな気がした。

ちょうだいと言っておきながら、真理子はまだ指を入れたまま、ぐちょぐちょやっている。

半歩進んで、肉びら付近のぬめりで擦るとさらに気持ちよくて、すりすりしながら指を引き抜くのを待った。

それでもまだ抜き挿しを続けるので、亀頭で指をつんつん突いたり、擦ったりして、早く引き抜くように促した。すると真理子は潤んだ瞳でペニスを見つめ、うわずった声を洩らした。

「でも……まだ、だめよ……」

今度は逆に、駄目と言いながら指を抜いた。小泡混じりの蜜がべったりついたその手でペニスを握ると、うっとりため息をついて、

「硬くて大きいのね……すごいわ……」

感慨深そうに呟いた。何度も握り直して、手触りをしっかり確かめている。

あの夜、仁王立ちで見せつけると、何をバカなことをしてるのと言って顔を背けたが、夜中に部屋に入って来てこっそり触った。そのときのことを思い出しているに違いない。

「でも、まだよ」

名残惜しそうにゆっくり手を離して、誘いをかける目で達也を見る。

「すぐ入れないで、もっと焦らしてほしいの」

「……焦らす？」

こくんと頷く真理子は、すぐにでも挿入してほしそうな顔をしていて、達也は狐に抓まれた気分だ。ひくっと収縮する濡れ穴も、ペニスを待ちわびているよう

に見える。むしろ、彼の方が焦らされているようだった。

——この状況で焦らすって、どういうことだ……。

達也は戸惑いを隠せない。だが、真理子に教えてもらってその通りにするのも、何だか締まらない気がする。

4

——とにかく、なかなか挿入しなければいいのか？

とりあえず間近に腰を据えると、竿を摑んで秘裂に亀頭をあてがった。あたり一帯に付着している淫蜜を先端に塗りつけると、ちょっと押して挿入するふりをして、それだけでやめてしまった。

真理子はじっと身動きしないで挿入を待っているように見えたが、やめた瞬間、仰け反って身悶えた。まるで突き入れられて快感が高まったかのような反応だった。

挿入をやめて焦らされたことが、昂ぶりに繋がったのかもしれない。何となくわかった気がして、すぐさま確認してみる。

再び亀頭をあてがうと、さっきよりも強く大きく擦って、肉びらを捩り回した。真理子は高まる期待を抑えるように、また身動きを止めた。半ば陶酔の表情で、うっすら開けた目を宙に漂わせている。

その様子をしっかり観察してから、蜜穴めがけてペニスをぐいっと押した。入口がじわじわ広がって、亀頭が半分近く潜り込む。だが、さらにもうひと押し、というところでやめてしまった。

「あっ……あぁーっ……」

真理子の鼻にかかった声が、さも残念そうに細く尾を引いた。ぽっかり空いた濡れ穴は、所在なさげにゆっくり狭まっていく。

――やっぱりそうだ！

達也は言い知れぬ高揚感に身震いし、喜々として同じことを繰り返す。コツが摑めたので、次はもっと効果的にやれる自信があった。

もう一度、先端を秘裂に押し当てて、ぐりぐり擦り回した。強くやると肉びらが卑猥に歪むだけでなく、全体が蜜まみれだから達也も心地いい。

クリトリスはさっきより大きくなったようで、莢からかなり露出している。そこも擦ってみると、亀頭の裏側にちょうど出っ張りが当たって、さらに気持ちよくなれた。

「まだ入れない方がいいんだよね」

「……そうよ……もっと焦らして……ああ、もっと……」

真理子はせつなそうにあえぎ声を洩らしながら、尻を浮かして秘部を押しつけてくる。より強い刺激を求める貪欲さが、だんだんと意外なことに思えなくなって、これが彼女の真の姿かもしれないという気がした。

同時に達也は、自分の行為に酔っていた。彼女の求めにしっかり応えられたことが誇らしいのだ。

いったんクリトリスから離れ、溝を縦に擦ってみた。強く擦ると気持ちよくてついつい力が入ってしまうのだが、角度をつけると、ちょっとした加減で先端が秘穴に嵌まりかけた。

入口を押し広げる摩擦感が気持ちよくて、成り行きで亀頭がほぼ通過するところまで行った。

「あああっ……」

今度こそ、という予感がしたらしく、真理子は息を呑んで腰を迫り上げた。その拍子に雁首が完全に通過して、達也はぬめぬめした快感に溺れかけた。そこで

心を鬼にして引き抜くと、

「あっ……あ、ああああーん……」

真理子は広げた太腿をわなわな震わせて、朝のリビングいっぱいに、細い声を搾り出すように響かせた。大きく張った亀頭が抜けた穴も、ひくひく戦慄きながらすぼまっていく。

達也もぐんと高まりかけた快感を放棄する結果になり、狂おしく息をあえがせた。真理子を焦らしているのは間違いないが、そうすることで自身をも焦らしているのに気がついた。

だが、その先にはこれまで味わったことのない、強烈な快感が待ち受けている予感がする。ペニスが受けている刺激はさほどでもないのに、彼女を焦らすたびに昂ぶりが増して、すでに体の奥までぞくぞく痺れるほど昂奮は高まっている。こんな感覚はこれまで一度も経験したことがないのだ。

竿の根元をしっかり摑んで、秘穴に狙いを定めると、同じように亀頭がほぼ埋まるところまで押し込んでから、ゆっくり引き抜いた。

——こ、ここでやめるのか……なんて殺生な……。

やめる達也もつらい。心地よい挿入感を、ほんの少し味わっただけで手放すのは、拷問を受けているに等しい。その殺生なことを進んでやることで、達也は自虐的な快楽を覚えはじめていた。

——なんなんだこれ……やるせないのにゾクゾク昂奮する感じ……。

奇妙な感覚だったが、病みつきになりそうなきわどさがあった。

さらにもう一度、先端を潜らせただけで引っ込めると、肉竿は強く反り返って我慢の汁を吐き出した。

真理子はとうとう堪えきれなくなったのか、髪を振り乱して、せつなそうな目で達也を見た。

「もうダメ……お願い、入れて……早く入れて……」

「もう入れちゃっていいの？」

「いいの、入れて……お願いよ、あああ……」

「じゃあ入れるよ」

待ちきれない様子で懇願されて、達也はほくそ笑んだ。実際に入れたのはペニスではなく、中指一本だけだった。せっかくここまで引っ張ったので、さらに駄目を押してみたくなったのだ。

「ああん、いやぁ……んんんっ……」

真理子は快楽と落胆が綯《な》い交ぜの声でよがり、揉むように身をくねらせた。ペニスでなくて残念なのに、昂ぶった体は素直に反応した。付け根まで深く抜き挿しすると、秘穴がきゅっと締まって指を離すまいとするのだ。

ぴったり密着した内壁も、細かな凹凸が抽送する指にうねうねまといついて、妖しい摩擦感で達也を誘っている。

我慢してペニスではなく指を入れたのに、この感触を知ってしまうと、堪えるのはもう難しい。真理子を焦らしておきながら、自分も限界まで焦れてしまったようだ。

「指でよかったんだよね？」

真理子の口からペニスだと言ってほしくて、そんな尋ね方をした。

「ダメよ、そんな……あああ、もうダメ……早く入れてぇ」

「他になにを入れたらいいんだろう？」

とぼけた言い方をすると、まるでＡＶ男優になった気分だ。真理子は恨めしそうに達也を見るが、ただ恨めしいだけでなく、どこかうれしそうでもあり、何とも表現しにくい顔つきだった。

「オ……オチ×チンよ……オチ×チンを入れてほしいの、早くぅ！」

ついに根負けして、真理子は露骨な言葉を口にした。言って恥ずかしくなったのか、しきりにかぶりを振りながら挿入を待っている。

ずっと焦らしてきた達也だが、ようやく真理子の許可が下りたような安堵感を覚え、竿を摑んでにじり寄った。

充血して口を開いた淫花に先端をあてがい、腰を押し出す。呆気なく亀頭が埋まって、心地よい挿入感を、今度は我慢することなく根元までたっぷり味わえた。

「あああ、イッ……イイィ……あああん……んあぁ……」

奥まで突き入れると、真理子はひきつけを起こしたように腰を波打たせ、ペニスをきゅっと締めつけてきた。強く密着した内部がいっそう妖しく蠢いて、奥へ奥へと誘い込む。

達也は無我夢中で腰を振りながら、真理子の両脚を摑んで抱え上げた。ソファの上で大きなMの字で開脚させ、その中心にずんずん腰を打ちつける。

「ううっ……お……奥まで入ってる……ああ、当たってる……も、もっと突いて……いっぱい突いて……もっと、もっと……」

箍《たが》が外れたように、真理子は喜悦の声を上げ続ける。やはりこれが本当の姿なのだと確信した。

「ああん、ダメ……気持ちよすぎて、どうにかなっちゃいそう……あぁっ……」

「オレも気持ちいい、最高……ああ、もっと早く、こうなっていればよかったのに……」

そうすれば真理子は坂元と再婚することもなく、自分も里菜を紹介されることはなかった——悔しい気持ちが、達也の腰使いをますます激しくした。

抜き挿しのたびに、秘穴の縁がめくれたり押し込まれたりを繰り返している。淫蜜はしだいに白く濁ってきて、粘度が増した。

抽送しながら屈み込んで乳首を甘咬みすると、ペニスがぎゅっと絞められて歓喜の悲鳴を上げた。もっと強めに咬むと、抜き挿しを邪魔するほど強い緊縮が起きた。

真理子は背もたれから頭が落ちそうなほど大きく仰け反り、さかんに髪を振って悶えている。加減なく突き込むうちに、体は斜めに傾いて背もたれからずり落ちそうになった。

達也は繋がったまま彼女を横向きに寝かせると、自分もソファに乗って正常位を取った。真理子の片脚は床に落ちてしまったが、おかげで深々と突き入れて、長いストロークで熟れ肉を堪能できる。

「もっと早ければ……ああ、もっと早ければ……」

悔やむ気持ちが尾を引いて、うわ言のように口を衝いて出た。真理子はそれに応えて頷いたようでもあり、荒々しい腰使いでただ揺れただけにも見えた。悶えながらも背中に手を回して縋りつくので、あるいは同じ気持ちでいるのかもしれないと思う。

だが、快感は高まる一方で、それはもうどうでもよくなってしまう。さらに激しく突き込んで、頂上に向かってまっしぐらだ。

「ああ、ダメ……イク……イッちゃう……ああっ……」

「オレもイクよ、義姉さん……このままでいいの？　中でイッていいの？」

「いいのよ、中でいいの……あああーんっ……んんっ……！」

押し殺した声とともに真理子の体が突っ張って、ペニスは強い収縮に見舞われた。さらに抜き挿しを速くすると、一気に極まって鋭い快感に全身を貫かれた。

「ああ、イッ……」

甘美な衝撃で言葉が途切れ、下腹で熱い塊が弾け散る。ドクッ、ドクッ、ドクッと、立て続けに秘奥を叩いて達也は果てた。

真理子の上にぐったり折り重なって、なおも蠢き続ける媚肉の感触を味わう。

強い収縮が数秒間続いたあとも、肉壺は断続的に締めつけていて、奥は引き攣るような妖しい蠢動をしばらく見せていた。

第四章　兄の痕跡

1

体を重ねたまま、達也はゆっくりと引いていく快楽の余韻にひたっていた。頰を上気させた真理子は、荒い息がなかなか治まらず、しばらくは官能の波に揺られたままでいるようだ。

両手で達也の頰を撫でたり髪を触ったりしながら、艶を含んだまなざしで見つめている。漂う色香を隠そうともせず、体の関係ができたあとの独特の空気をまとっている。

続いて指で鼻やくちびるに触れたかと思うと、顔の輪郭を確かめるように頰から顎のラインをなぞっていく。

手指の感触はこそばゆくも心地よく、そんなふうに触られてしあわせな気分にひたると、自然と顔がニヤニヤ緩んでしまう。

だが、ふとその手つきが気になりはじめ、浮かれていた気持ちはしだいに萎んでいった。

達也は亡くなった兄の和也と面立ちも体つきもよく似ているのだが、そうやって顔に手で触れて、亡夫を懐かしく思い出しているのではないか、そんな気がしたのだ。

さきほどは抱きとめる達也にすっかり体を預けてきて、和彦に抱きしめられているようだと言った。

——エッチしてるときも、ずっと兄貴のことを考えてたんじゃないだろうな。

体重もほとんど変わらなかったから、覆い被さった達也の重みもまた、和彦の記憶を呼び起こしたかもしれない。

まさかとは思ったが、いったん心に引っかかると、疑いは際限なく広がるようだった。

もっと焦らしてほしいと言い、あられもなく乱れ、貪欲に快楽を求めるところに、女としての本性を見た気がしていたが、そもそも焦らされて昂奮することをどうやって覚えたのか。

再婚相手の坂元はそんな手管を持っているようには見えないから、学生時代から和彦と一緒に過ごす中で覚えたに違いない。秘部をじっくり見られ、焦らされて昂奮するあたり、どうもMっぽいところがありそうだが、元々そうなのか、あるいは兄がそういう女にしたのか。

いろいろ考えるうちに、真理子だけでなく兄についても、知らないことは意外に多いのかもしれないという気がしてきた。

「どうかしたの？」

顔を撫でていた手が止まった。

「ちょっと兄貴のこと、考えてた」

「……どんなこと？」

ほんの少しだが間が空いたので、やはり真理子も兄のことを思い出していたに違いない。

いま湧いた疑問を直接ぶつけてみようかと迷ったが、それはかなり勇気が要ることだった。答えによっては、二人で共有した素晴らしい快楽が、根本から否定されてしまうかもしれない。

「やだよ、教えなーい」

おどけた声でとぼけ、耳に熱い息を吹きかけてごまかした。彼女がくすぐったがると、いつの間にか萎んでいたペニスが、その拍子にぬるっと吐き出された。

答えをはぐらかしたことについて、真理子は何も言わない。黙って達也の下から抜け出ると、ティッシュを取りに行った。

太腿をしっかり閉じて、歩きにくそうな裸の後ろ姿がスローモーションのように映って、快楽の名残を達也の脳裡に刻み込んだ。

真理子は素早くティッシュを抜き取って、内腿に垂れる精液をさっと拭った。それから達也に箱ごと渡して、自分はさらに念入りに後始末をした。

「今日はゆっくりしていけるの？」

「休みっていっても半休なんで、昼から会社に出なきゃいけないんだ」

「そうなんだ……」

真理子の声はやや残念そうに聞こえた。こういうことになるなら、全日休みを取っておけばよかったと悔やんだが、愉しみを繰り越すだけで、これからまだまだ続けていけるだろう。

「服を着たら、お茶を入れるわね」

「うん。ありがとう」

身繕いを終えると、真理子がコーヒーを入れてくれるというので、先日思い出したばかりの記憶を再びなぞる気分になり、ダイニングのテーブルで彼女の様子を眺めた。

また同じような場面に身を置いているが、真理子とひとつになれたのだから、八年前のあのときとは決定的に違っている。どうして夜中にこっそりペニスを触ったのか、いまなら訊ける気がした。

「ねえ、憶えてる?」

真理子は振り向いて、〝なあに?〟と眉を上げた。

「前にもこうやって、義姉さんがコーヒーを入れてくれるのを待ってたことがあるんだけど……オレが学生のとき」

「そんなこと、あったかしら」

とぼけているようには見えないので、やはり前夜のことを言わなければ思い出せないのだろう。

「その前の日のことなら憶えてるでしょ、オレが風邪で寝込んでた日。オヤジたちは旅行に行っちゃって、義姉さんが看病に来て、泊まっていってくれたんだ」

真理子は食器棚からカップをふたつ出して準備しながら、小首を傾げた。

「ほら、風邪によく効くからって、オフクロが作ったスープに、ニンニクを摩り下ろして入れてくれたでしょ。あれでたっぷり汗かいて熱が下がったんだ、憶えてない？」

さらに詳しく言って食い下がると、ようやく思い出した顔になって、

「そういえば、そんなことがあったわね」

懐かしそうに口元を緩めた。だが、夜中にペニスを触ったことを憶えているかどうか、その表情から読み取ることはできなかった。

すると、真理子はコーヒー豆の缶を手に取って、思わせぶりに微笑んだ。すべて思い出したに違いないと、達也は色めき立ったが、続いて棚からコーヒーフィルターとペーパーを出してにっこり笑うので、早合点したことに気づいた。

「ペーパーで入れてくれるの？」

「そうよ。達也さんには特別ね」

「それはうれしいな」

思わせぶりに微笑んだのは、このことだった。

真理子は機械で入れるよりおいしいからと言って、ずっとペーパーフィルターにこだわっていたが、正月にこの家に寄ったとき、初めてコーヒーメーカーで入れるのを見て意外に思った。

気が変わったのかと、坂元に聞こえないようにこっそり尋ねると、曖昧に笑うだけだったが、再婚してからはこだわりを捨てて機械任せにしているのかもしれない。

「最近はペーパーはほとんど使ってないのかな」

「そんなことないわ。昼間、一人で飲むときはいつもこれだもの」

意味深長な目で否定すると、すぐに背を向けて薬缶を火にかけた。黙って火を見ている後ろ姿を眺めるうちに、真面目そうだがどう見ても風采の上がらない坂元の姿が浮かんできた。

「義姉さん、ちょっと変なこと訊いていいかな」

「なあに、変なことって」

薬缶を見つめたまま、気のない声が返ってきた。

「どうしてあの人と再婚しようって思ったのかな。言いたくなければ、べつにいいんだけど」

いまの旦那のことはあまり話題にしたくなかったが、つい訊いてしまった。さきほどの再婚を悔いているような言い方を、達也は自分と一緒になった方がよかったという意味で受け取ったが、そもそも坂元とは反りが合わないのではないかという気がしてきて、それならなぜ再婚を決めたのか不思議に思ったのだ。

話を完全に逸らしてしまうことになるが、あの夜のことはひとまずお預けにするしかなかった。

真理子はしばし黙考していたが、

「わたしの判断が甘かったというか……」

ぽつりと呟いて達也に向き直ると、真剣みが足りなかったかもしれないと言って、再婚の経緯を話しはじめた。

まず最初に、再婚の話を持ちかけてきたのは真理子の元の上司だというので、志賀部長と里菜の顔が浮かんでドキッとした。彼女に申し訳ない気持ちはあるが、夢がかなった歓びはそれを上回っている。

その元上司の人は、相手が四十歳の独り身であることから控えめな言い方をしたが、その分経済力はあるし、とにかく真面目な男だから一度会ってみてはどうだろうと勧めた。

「その歳で未婚というからには、それなりの人かもしれないし、だからこそ三十二にもなる子持ちの後家に話が来るんだって、そのときは正直、あまり気が進まなかったのよ」

だが、勧められるまま会ってみると、確かに見た目はパッとしないものの、誠実な人らしいという印象は好ましかった。

「わたしはもう恋とか愛とかとは無縁だと思っていたし、再婚するにしても、美和の成長のために穏やかな生活を送れれば、それ以上のことを望むつもりはなかった」

とりわけこの先、美和の学費やら何やらのことを考えると、経済的にゆとりがあるに越したことはない。それはとても大事なことだった。

「だから、これはちょうどいい相手かもしれないって……」

だんだんそういう気持ちが強くなって、やがて再婚に踏み切ったのだそうだ。

話の区切りがついたところで、ちょうどお湯が沸いた。

真理子は薬缶の湯をコーヒーポットに移し替え、豆をじっくり蒸らしてから、慎重に注いでいく。こだわるだけあって、専門店のスタッフのように一つひとつが丁寧だ。

ステンレスのポットは兄が誕生日にプレゼントしたそうで、長く使っているのに疵ひとつなくピカピカなのを見ると、とても大切に扱っているのがわかる。

「はい、どうぞ。達也さんはブラックね」

サーバーからカップに注ぎ分け、目の前に出されると、おいしそうなコーヒーの香りがふわっと漂った。

真理子は自分のカップを置いて、テーブルの角を挟んで左側に座った。

「もしも美和が男の子だったら、再婚なんかしないで結城の籍のままでいたわ、大切な跡取りだものね。でも、娘だし、結城の家には達也さんがいるし……」

「そのことで伺いを立てられたって、オヤジが言ってたな」

そのときは彼女の再婚の話に驚いて頭がいっぱいだったが、自分が後を継がねば、という自覚はすでに備わっていたので、跡取りのことで異存はなかった。

うんうんと真理子が頷く横で、コーヒーをひと口飲むと、正月のときと味が違っているのに気づいた。

「豆、変えたんだね」

「そういうことでもないのよ。これはわたしがいつも飲んでる寺町茶房のブレンド。お正月にみんなに出したのは、坂元が買ってきた豆」

旦那が買ってくる豆は店も産地も特に決まってなくて、とりたてて好みがあるようにも思えないので、それとは別に自分の好きな豆を買っておくのだという。

婉曲なもの言いの裏に、坂元を突き放して見ている感じがした。

「なんだかあまり上手く行ってないみたいだね」

「表面的にはとっても穏やかな毎日なんだけど、でも、ダメなの。それでいいって思ったわたしが甘かったのね」

ふっとため息を洩らした真理子の目から、みるみる力が失われていった。

再婚相手は人柄が真面目で誠実、しかも経済力があって、日々穏やかに暮らせている。それなのに真理子の心は倦《う》んでいる。

やはり性にかかわる問題に違いないと達也は思った。淫らなお願いをして、あられもなく乱れた姿に、その理由が潜んでいるのだろう。

「あの人では、どうしても満足できないところがあるってことかな」

遠回しな言い方だったが、直接的な言葉を使わない代わりに、テーブルの上で彼女にそっと手を重ねた。

真理子は手のひらを上に返すと、指をからめて握ってきた。

「女に対する、探求心とか向上心が足りないのね。足りないんじゃなくて、欠けてるって言った方がいい」

きっぱり言いきったところに、彼女にとって性の問題がいかに深刻かが表れている。兄が真理子をそういう女にしたのではないか、という可能性がチラリと脳裡をかすめた。

「女にっていうのはつまり、セックスに関してってことだよね。探求心ていうのは、どうすれば相手がもっと気持ちよくなれるかとか、そういったこと？」

考えていた通りだったので、今度はストレートに言った。真理子の手にきゅっと力が入った。

「こうすればよくなるっていう基本的な知識はあるみたいだけど、それ以上の可能性を追求する気がないのね。お互いの準備が整えばそれでＯＫ、みたいな感じよ。欲求自体はそれなりにあるはずなのに……」

言葉を選びつつ、彼女も率直にわかやすく言った。

「性にも個性があると思ってないのね、人それぞれの特徴とか、好みとか……」

ごく真面目なもの言いをしていたが、最後に〝好み〟と言ってから、恥ずかしそうに目を逸らした。握った手が急に汗ばんでくる。

達也の頭の中に、秘部を晒したまま隠そうともしない彼女の姿が浮かび、もっと焦らしてほしいと訴える声が聞こえた。

「さっきみたいなこと、あの人には頼まないのかな、いやらしいこと言ってとか、もっと焦らしてとか」

話している途中で、真理子はぎゅっと強く手を握り、達也も握り返した。言っているそばから股間がむずむずして仕方がない。

「そんなこと言わない。言っても無駄っていうか、言うのに相応しい相手かどうかは、肌を重ねたら敏感に感じ取れるから」

自分が相応しい男とされたことに、達也は昂ぶった。もっと深い快楽を味わわせたいというか、一緒に味わいたいという思いが強くなる。

「どうしたの、そんなにニヤニヤして」

「いや、なんでも……」

突っ込まれて表情を引き締めるが、真理子に笑みが戻って安堵した。溜めていたものを吐き出してすっきりしたのだろう。

それを受けとめた達也も、彼女の不満の根がはっきりしたことで、ますます気持ちは奮い立っていた。

2

「そういえば、なにか話しておきたいことがあるって、言ってたわね」

しあわせ気分で浮かれていたから、一瞬、何を言われたのかわからなかった。

「昨日、電話で言ってたでしょ」

「あっ、そうか」

父母の旅行の土産を届けることと、婚約の報告が来訪の名目だったが、まったく予期しない状況になったいま、もう里菜のことを話すわけにはいかなかった。婚約者に気を使ってもう会うのをやめるかもしれない。

隠しておくのは真理子にも里菜にも申し訳ない気はするが、せっかく夢がかなったのに、みすみす手放す気にはなれなかった。

「でも、いいや、それはまた今度で」

大した用件ではないからと話をごまかして、腕時計に目をやった。午後から出社するにはまだ時間はあるが、

「そろそろ行かないと……」

ボロが出ないうちに退散することにして、残りのコーヒーを啜った。

「時間を作って、また来てくれるかしら」

「もちろん。半日の有休なら楽に取れそうだから、また来て今度はもっとゆっくりしていくよ」

会うのは平日の昼間に限られるので、また休みを取るしかない。半休ならわりと取りやすいが、そう頻繁にというわけにはいかないから、会える日が待ち遠しくなりそうだ。

達也が立ち上がると、真理子は上着を持ってきて着せてくれる。

「なんか、ここが我が家でいまから出勤するみたいに錯覚しそうだ」

「そうね。そういう選択肢もあったのにって、いまさら考えても仕方ないことかしら」

上着の袖に腕を通した達也は、疚しさと弾む気持ちが相半ばして、くちびるが乾くのを感じた。

玄関で靴を履くのを、真理子は立って見ている。自分も履いてドアの外で見送るつもりはないようだ。

「じゃあ、今日のところはこれで……」

近いうちにまた、と言おうとしたら、真理子が両腕を首に回して抱きついて、息がかかるほど顔を近づけた。

「また会えるわね」

「もちろん、そのつもり」

吐息に続いて、くちびるを重ねてきた。すぐに乾いたくちびるを割って舌が入ってくる。

達也も腰に手を回して、しっかり受けとめた。にゅるっとからまる二人の舌は、なまめいた感触を味わうように蠢いた。

ソファで貪るように吸ったり擦ったりしたのが打って変わって、唾液と息が溶け合う中で、互いの気持ちを送ったり受け取ったりして、静かな情熱を感じさせるくちづけだった。

背中や腰を撫でさすると、真理子の体が心地よさそうに揺らめいて、達也も股間が気持ちいい。玄関のわずかな段差によって、ペニスがちょうどよい加減で彼女の下腹に当たっているのだ。

亀頭は下腹の柔らかな圧迫感に包まれている。睾丸は恥骨で押し上げられる位置にあり、彼女が腰を揺らめかせるたびに、やんわりと揉まれる。

両手でヒップを円くさすってみると、真理子はくすぐったそうに腰をくねらせた。とたんに睾丸から亀頭まで、全体が悩ましいマッサージを受けて、膨張が加速した。

達也はすかさず股間を突き出し、両手でヒップを引き寄せた。柔らかなワンピースなので、手触りは生尻を摑んでいるようだ。指先が割れ目にめり込んで、強く引き寄せると肛門を広げているのと変わらない。真理子はいっそうヒップをくねくねさせて、甘美な波をペニス送り込んだ。

大きく伸びた竿は、下腹いっぱいに食い込んでいる。さらに彼女はぴったり重なった体の間に右手を割り込ませ、下へ持っていって股間をさぐった。

気持ちいいから腰を引くと、手のひらを正面にやってペニスに被せた。一度にすべてを包むことはできず、先端から玉まで触ろうと上下にさすりだした。

さっきから下腹の快感に気を取られるたびに舌は止まったが、手のひらで触れると完全停止状態だ。もうディープキスどころではなかった。

ペニスの大きさを確かめるようにさする手は、気持ちいいのと同時に、懐かしい感覚を呼び覚ました。

「義姉さん、あのときと同じだね」

「なにが？」

「さっき思い出したって言ったでしょ、オレが風邪で寝込んでて、看病に来てくれた夜のこと」

「それがどうかしたの」

さほど訝る様子もなく、甘い吐息をふりまいて股間をさすり続けている。

「汗をかいてないか心配して、夜中に部屋に来てくれたよね」

言ったとたんに手が止まったので、すべて憶えているのだとわかった。

「どうしてそれを……」

「実はあのとき、最初から眠ってなかったんだ。狸寝入りしてた」

真理子は目を丸くしたが、狼狽《うろた》えるふうでもなく、ただびっくりしただけのようだった。

「義姉さんが起こさないように気を使って入ってきたから、つい寝たふりをしたんだ。でも、まさかあんなことを……」

思わせぶりに口元を緩めると、真理子もふっと笑みを浮かべ、またさすりだした。さするというより、揉みあやす感じに近く、もっと硬くさせようという意志がこもっている。

「どうしてあんなことをしたのか、それを訊いてみたいって、前からずっと思ってたんだ」

「穿き替えるときに、ふざけてわざと見せたでしょ、こんなふうに元気になっているところ」

ぎゅっと摑んで、悪戯坊主を叱るように揺すった。が、すぐにやめて、いとおしそうに撫でる。

「これを見せられて、あんまり立派なのでビックリしたのよ」

「そんなに驚くほど？」

真理子の言葉は素直にうれしかったが、おそらく兄と比べてのことだろうから、そこは意外だった。

最後に兄のペニスを見たのは中一のときで、高二の和彦とは大人と子供ほどの差を感じたものだ。もっとも、それから達也はずいぶん成長したので、二十歳の時点ですっかり逆転していたのかもしれない。

「そうよ。それで普通の状態ならどうだろうって興味が湧いて、あのときはよく眠ってるように見えたから、内緒で触ってみたくなって、でも、普通の状態じゃなかったわね」

真理子はタッチを変えて、指先で亀頭とその周囲を撫でたり掻いたりする。さらには、先端を摘まんでぐりぐり揉み回した。

通勤の服装で、しかも玄関先でそんなことをされて異様な昂ぶりを禁じえない。ペニスは一段と硬さを増して、とうとう勃起状態になった。

「狸寝入りだったら、それも無理はないか……すごく昂奮してたんでしょ」

「したよ、もちろん。まさかあんなことされるって、思ってないから」

「わたしも昂奮したわ。正直に言うとね……」

もう一度、竿全体を手のひらでさすって状態を確認していた真理子は、ふいに手を止めた。

「嫌だわ、達也さん。それじゃ、あんなことしたのを知ってて、ずっとそういう目でわたしを見てたのね」

なじるように見るが、上気して目が潤んでいるから、せつなげで艶めいている。

「見てたよ」

「すました顔して、いやらしいことする女だって？」

「もっといやらしいことも、平気でするんじゃないかって」

「なによ、それ。どんなこと？」

「やだよ、教えなーい」

オナニーのネタまでバラしたくないのでとぼけたが、彼女が言いかけてやめたのが気になっていた。

「それより、正直に言うと、なんなの？」

真理子は口元に笑みを浮かべ、三和土《たたき》に下りてゆっくり沈むように腰を落とした。首に回していた両手は、肩から胸を撫でながら、腹部へと這い下り、上着の裾をかき分けた。

「できることなら、掛け布団をめくってみたかったの。それから……」

ベルトを外してジッパーを下げると、何の躊躇いも見せずにズボンを下ろした。

「こういうこともしてみたかった……」

うっとりした声で言いながら、ブリーフの股間に顔を埋めた。

達也は急いで上着を脱いで、シューボックスの上に置いた。

「硬くて立派ね……それに男の匂いがすごい……ああ、感じるわ……」

口も鼻も押し当てたまま話すので、もぞもぞ動くくちびるから温かい息が洩れて、心地よく竿をくすぐる。両手で太腿の裏を撫でられるのも気持ちよかった。

「義姉さん……」

達也は真理子の髪に指を埋めて撫で回した。彼女の表情が見えないのは残念だが、ここが新居の玄関先であることをあらためて思い、劣情をかき立てられた。

邪魔にならないようにシャツの裾を持ち上げてやると、うれしそうに何度も頬ずりして、股間の匂いを深く吸っては熱い息を吹きかける。

さらに少し腰を浮かせ、顔を横に向けてブリーフの上から亀頭を咥え込んだ。

雁首に歯を立てられて身構えたが、多少強めでも下着越しだと程よい刺激になった。括れから先端まで、小刻みに咬みながら往復する、指や舌とは違う感触が新鮮だった。

咬むだけでなく、すっぽり咥えて強く吸ったり、先端を舌でぐりぐり揉んだりと、休みなく変化していく。愛撫というより戯れている感じがして愉しそうだ。

さっき顔を埋めて頬ずりしたり、匂いを嗅いだりしたのもそうだが、真理子は根っからペニスが好きなのかもしれない。

「ごめんなさい、濡らしちゃったわね」

しばらく遊んで口を離すと、ブリーフの亀頭部分が唾液でべっとり濡れていた。

「これくらい、大丈夫。このままズボン穿いちゃっても平気だよ」

「ダメよ、まだ穿くんじゃなくて、脱ぐの」

ブリーフのゴムをずらして亀頭を露出させると、そこでふと考えて、達也を見上げた。

「時間、大丈夫かしら」

会社に遅れないかと心配するが、実際にはまだ余裕があるし、こんな中途半端なところでやめられるのは嫌だ。

「うーん、まだ平気、かな」

腕時計を見て小芝居をすると、すぐさまブリーフが膝まで下げられた。

達也はシャツの裾を持ち上げたまま、逞しく勃起したペニスを見下ろした。革靴を履いた足元までズボンは落ちていて、膝にブリーフが引っかかっている。上はシャツにネクタイをきちんと締めた職場仕様だ。何とも間が抜けたスタイルのようでいて、濃厚な猥褻感を醸しているのだった。

3

真理子は間近で見つめながら、そっと右手を添えていとおしそうに竿を撫でる。うっとりした表情を見ると、本当はしばらくそうしていたいのだろうが、すぐに舌を伸ばして、竿から先端に向かってねろっと舐め上げた。最後に舌先で裏筋を弾くように舐めるところが、男の性感をよく知っていて心憎い。

それから竿の付け根を軽く握って手前に傾けると、雁首の周りをぐるりと舐め回した。縁の出っ張りを、裏筋を挟んで右に左に舐め擦るかと思うと、這い上がって鈴口は舌の裏まで使ってすりすりしてくれる。

「気持ちいいよ、義姉さん……ああ……」

思わずうっとり声が出た。真理子はさらに亀頭全体に万遍なく舌を這わせると、蛇が卵を呑み込むように、あっさりと口に含み、喉の奥まで咥え込んだ。

ふっくらしたくちびるをすぼめ、ゆっくり吐き出しながら舌でずるずるっと擦るのが心地いい。

再び咥え込むときもきゅっと口をすぼめるから、まるで達也の方が無理やり捻じ込んでいるかのようだ。しかも、密着させた舌が縦横に蠢くので、肉棒のあちこちが同時に刺激を受けている。

――これって、兄貴が教え込んだのか……。

快感にあえぎながら、どうしてもそんなことを考えてしまう。

首の振りが速まると、舌の動きもいっそう激しくなり、これぞフェラチオと言いたくなる巧みさだった。できるだけ射精を先送りして、たっぷり存分に味わっていたい。

だが、真理子はあまり時間がないと思っているので、最初からハイテンポで突き進んでいる。

首を振りながら吸引を加え、摩擦感をさらにアップさせた。さらに強く吸うと、じゅぽじゅぽっと音がして、卑猥な空気が濃くなった。

激しくしゃぶってわざと音を立てている、と思ったら吐き出して、唾液まみれの肉竿を見て満足そうに微笑んだ。くちびるにも唾液がべったり付着していて、妖艶な顔つきにそそられる。

「こんなに硬くなってる……ガッチガチよ」

反りが強まった竿を無理やり手前に傾けるので、亀頭はいっそう大きく張っている。真理子はその角度のまま軽くしごいて、反りと硬さを確認すると、再び咥えてしゃぶりだした。

「んんっ……自分でもビックリだよ、こんなになるなんて……あっ……」

首を振ってしゃぶりながら、左手で睾丸をいじりはじめた。指先でそっと触れて、嚢皮を撫でる。その羽根のようなタッチが心地よくて、快感がさらに高まった、と思ったら今度は爪でかりかりやる。

それも絶妙な力加減で、蟻の門渡りからアヌスの寸前まで侵攻されると、

「あああっ……」

背筋がぞくぞくして声が洩れた。甘美な痺れが背骨を駆け上がる感じがした。

それからまた睾丸に戻ったり、奥へ攻め進んだりしながら、おしゃぶりの首振りと舌使いがいっそう激しくなった。

早くイカせようと懸命なのだが、やはり達也としてはもっとじっくりやってほしい。これほどの快楽にもうすぐ終わりが来るのかと思うと、残念な気持ちがないわけでもない。

だが、いまさら時間はあるとは言えない。言って仕切り直しすれば、懸命になっている真理子がトーンダウンしてしまうだろう。

そんなことを考えているうちに射精欲が高まって、どんどん加速する勢いだ。

「ああ、もう……イキそうだよ……」

思いのほか早く果てそうな気がして、声がうわずった。

とたんに真理子がスパートをかけてきた。首振りも舌使いも、吸引まで激しく

なって、おまけに竿にしごきをくれるのだ。

「イ、イクよ……ああ、もうダメだ……イクよ、義姉さん……ああっ……」

切羽詰まった声で告げても、真理子は猛然としゃぶり続け、限界を感じたとたん、肉竿の力強い脈動とともにザーメンが迸った。

「あああ、義姉さん……ううっ……」

目も眩む快感で膝が震えだすと、立っているのも危うくなって、シューボックスに手をついて支えた。

真理子は口の中に撒き散らされる精液を受けとめ、荒くなる鼻息で下腹をくすぐった。

すべて出尽くしたところで、慎重にペニスを吐き出すと、こぼさないようにすぐ顔を上げた。口の周りについた唾液を指で拭う仕種が淫靡だった。口がもごもご動くのは、どうやら舌で味わっているらしく、それが達也の胸を痺れさせた。

天井を向いた肉竿にも唾液がたっぷり付着しているので、急いでズボンのポケットをさぐってハンカチを引っ張り出した。

「口の中で、大丈夫だった？」

静かに頷いたかと思うと、真理子の喉が動いてこくっと音がした。

——飲んでくれた！

達也が初めて経験することだった。これまでは口で受けとめてもらっても、必ずティッシュで始末されていたから、真理子に飲んでもらえて大感激だ。

「二度目でも、まだ濃いのね」

ぽつりと言って、真理子は紅潮した頬を緩ませた。上目づかいで見る目も蕩けていて、彼女の昂ぶりを表していた。

4

「バカだね、お前も。なんのために行ったのよ、真理子さんのところへ」

母の昌枝が呆れ果てた顔で言った。そう言われても仕方がないのはわかっているから、達也は返す言葉がなかった。

旅行の土産を届けに行って、婚約の報告をしないまま帰ったことを、帰宅して昌枝に話したところだ。

「そんなことなら、わたしが届けに行くんだったわ。どうして言わなかったの、照れくさかったのかい」

「べつにそういうわけじゃ……」

「どうかしらね」

達也が口ごもると、昌枝は何やら急にもの思う表情になった。婚約したことを言いだしにくいほど、いまもまだ真理子への思いを捨てきれないのか、と訝っているに違いない。

居間にいる父はまったく関心がないのか、テレビに見入っている。父はずっと達也の気持ちに気づいていないままらしい。つまり、母からは何も聞いていないということだ。

「まあ、とにかく早い方がいいわね」

昌枝はひとり言のように言って、電話機に向かった。さっきの呆れ顔ではなく、毅然としているのを見て、達也は嫌な予感がした。

受話器を取って、短縮ボタンでかける。相手はすぐに出た。

「もしもし、真理子さん。わたしですけど……ええ、お陰様でピンピンしてるわ……そうなのよ、とっても愉しかったわ」

予感的中だった。表情と違って明るく響く声が、これから達也を窮地に追い込むはずだ。ひとしきり挨拶のやりとりが続いてから、昌枝は本題に入った。

「それでね、達也ったら、大事な話をしないで帰ってきたっていうから……そうなのよ……あら、そんなこと言ったの……」

聞いている達也は、真綿で首を絞められる思いだ。

「話っていうのは達也のことなんだけど、実は結婚することになったのよ……ええ、そうなの。小山内さんていうの、小山内里菜さん。お見合いってわけじゃないんだけど、会社の上の方の紹介で、半年くらい前だったか……」

昌枝が一方的にすらすらしゃべりだしたので、電話の向こうで沈黙している真理子の姿が目に浮かんだ。

達也は背中を錐で揉まれる思いで母の声を聞いていた。式場をいまさがしているところだとか、披露宴には真理子もぜひ出席してほしいとか、昌枝は訊かれなくてもどんどん話している。そして、さらに、

「そうね、なんて言ったらいいか……とにかく真理子さんとは違うタイプね」

と、よけいなことまで付け加えた。

電話が終わると、昌枝は黙って達也を見た。その目は、〝これで区切りがついたでしょ〟とでも言いたそうだった。

達也は二階に上がるとすぐに携帯で真理子にかけた。

今度は少ししてから出た。

「……はい」

「ごめん、隠してたわけじゃな……」

「おめでとう。よかったわね、結婚が決まったんですって」

「いや、それはつまり、その……なんて言ったらいいか……」

いちばん聞きたくなかった言葉をいきなり被せられて、達也は口ごもってしまった。

「いいのよ、無理しなくて。べつに言ってくれなかったからって、それをどうこう思ってるわけではないから」

電話の声はずいぶん落ち着いているが、努めて感情を抑えているように思えた。それだけ母の話で驚いたに違いない。

「本当に隠してたんじゃないんだ。つい言いそびれたというか、タイミングが悪かったっていうか……」

「そうね。本当は言うつもりで来てくれたんでしょ。それをわたしがあんなことしたから、言いだしにくくなったのよね、わかってるわ」

「まあ、そういう言い方もできるけど、微妙に違うっていうか……」

達也の本音を端的に言えば、婚約したことは内緒にして、真理子との関係を続けたい、ということだが、すでに婚約はバレてしまった。それでどう取り繕えばいいかがわからなくて狼狽えている、という状況だ。

つまり、バレた上で関係を続ける方策が見つかればいいのだが、

「とりあえず婚約はしたけど、まだ籍を入れたわけじゃないから」

「そんなバカなこと言ってちゃダメよ」

浅い知恵しかないと、この場を巧く乗りきることは難しそうだ。

達也は何とかして真理子を繋ぎとめようと必死になったが、これといったアイデアは浮かばない。仕方がないので、とりあえず時間を稼いでその間に考えるしかないと諦めた。

「とにかく、もう一度、ちゃんと話がしたいんだ。近いうちにまた会ってもらえない？」

「もう会わない方がいいと思うわ。それがお互いのためだと思う」

真理子はにべもない。少し時間がたてば、彼女の気持ちにも変化が表れるかもしれない——一縷の望みとは、このことだった。

第五章　湧き出る蜜

1

半月後、達也は里菜と一緒に箱根の芦ノ湖畔にあるホテルに来ていた。

ここは式場の候補として里菜が挙げたうちのひとつで、結婚を決めて間もない頃にブライダル相談会の参加申し込みをしてあった。

だが、宿泊付きのプランを希望したので、少し先でないと空きがないということで、いま頃になったのだ。

これまでいろいろ見て回って、すでにふたつまで候補を絞ってあるが、彼女はどうしてもここを見学してからでないと決められない、その分、日程がずれ込んでもかまわないと言った。友人がここで式を挙げたという人の話を聞いて、前から興味を持っていたのだそうだ。

今日は朝十時にホテルに着いて、すぐに相談会が始まった。手続きをすませると、基本的な説明と会場の下見、衣装の試着、撮影、さらにブライダル料理の試食と続き、午後二時近くになって、ようやくチェックインを終えたところだ。

これからしばらく休んで、その後、見積書を作ったり日取りを相談したりで、夕方にまた料理の試食が待っている。昼はフランス料理だったが、今度は和洋折衷だという。

係に案内されて部屋に入ると、大きな窓から芦ノ湖が見渡せた。すっきり晴れ渡って、湖面に波がキラキラ反射している。

「うわあ、綺麗ねえ……美しい絵画の中に入り込んだみたい」

「全室レイクビューだってさ。どの部屋からも、この景色が堪能できるわけだ」

「ねえ、見て。あそこで式を挙げたら、一般の宿泊客からも見えるわね。それだけ大勢の人に祝福してもらえるってことかしら」

「ホントだ、丸見えだ……」

目の前に芝生の庭が広がっている。そこを式場に使うガーデン挙式がここの売り物で、さきほど会場をそれぞれ下見していく中で、庭に出て概要を説明してもらった。

そのときは、話を聞きながら式場の設営や飾りつけをイメージするだけだったが、いま部屋から眺め下ろして、

――こんなによく見えるのか……まるで見世物だな。

と達也は思った。

だが、里菜はどこまでもポジティブに捉えているのだ。

このホテルに来てから彼女はやけにテンションが高く、性格が変わったように浮かれたりもしている。期待してた通りかそれ以上なので、気分が舞い上がってしまうのだろう。

確かにこの美しい景色の中で式を挙げられたら、女性なら一生の思い出になると歓ぶに違いない。それは達也にもよく理解できる。

だが、いまの彼は式場選びにほとんど関心を失くしていた。里菜から周回遅れになりながらも、仕方なく挙式に向かって走らされているようなもので、それが顔に出ないように気をつけるのが精一杯だった。

理由はあれから真理子と会う機会がまったくないからだ。もう会わない方がいいと電話で言われ、それきりになってしまった。

その後、メールや電話で何とか食い下がろうとしたが、無視されることはないにしても、彼女の態度は変わる気配がなかった。

それで諦めて里菜の方に気持ちが向いたかというと、そんなこともない。婚約さえしていなかったら、と考えたりもして、だが、いまさら破棄する気概もないので、ずるずると時間が過ぎていくだけだった。

「ちょっと散歩に出てみない?」

ベッドに横になって、ぼんやり夜のことを考えていると、外を眺めていた里菜が振り向いた。

「そうだね、時間はたっぷりあるからね」

「さっきのとこ、もう一度行ってみたい」

庭園での挙式の舞台となる場所を指さして言う。なるほど、そういうことかと達也は思った。さっきはホテルの担当プランナーが一緒だったから、二人きりでその場に立ってみたいのだ。

庭に出ると里菜は、建物のすぐそばにあるアーチまで歩いて行った。いまは庭の端に立っているただのアーチだが、挙式ではそこがバージンロードのスタートになる。

手招きするのでついて行くと、アーチの下で腕をからめてきた。

「恥ずかしいからやめようよ」

「いいじゃない、ちょっと感じを摑んでみたいだけだから」

不承不承で従い、そのまま一緒に歩きはじめる。挙式の本番ではバージンロードでも、いまはただ芝生が広がっているだけで、そこを腕をからめて歩くのはやはり気恥ずかしかった。

庭には誰もいなくて、湖岸の方に中年の夫婦が一組いるだけだから、客室やラウンジから見れば、かなり目立つに違いない。

里菜はそんなことなど気にもしないで、真面目な顔つきで歩いている。本番を想像して、厳かな気分にひたっているのだろう。

ここで新郎新婦が婚姻の誓約をすると教えられた場所まで行くと、里菜は俯き加減でしばし黙り込み、それからあたりをぐるりと見回した。

「だいたい感じは摑めたみたい」

にこやかな表情に戻ったが、頰はうっすら紅潮している。頭の中でシミュレーションして、気持ちが昂ぶったようだ。

「ちょっと湖の方に行ってみようかな」

達也は何となくその場から離れたくなって、岸の方へ歩きだした。里菜がついて来なくてもかまわないと思ったが、ぴったり離れずについて来る。

以前はデートのときでも、ずっとそばにくっついていることはなかったが、夫婦になるという意識が日々強まっているようだ。先のことについて話すときもいっそう熱が入って、態度にもそれが表れるようになった。

「いまもいいけど、紅葉の時期はまた素晴らしいでしょうね」

「そうだろうな」

「ねえ、明日は送迎バスをキャンセルして、遊覧船に乗ってみない？」

「ああ、それもいいね」

達也は生返事で応えながら、また夜のことを考えていた。

夕食で一日目の予定が終了すれば、あとは初夜の予行演習みたいなものだ。初夜だなんて何をいまさらという気もするが、今日の里菜はテンションが高い。ドレスの試着やら料理の試食やら、挙式の雰囲気をたっぷり味わったあとだから、いつもと違うムードになるかもしれない。

朝からの相談会で達也の関心はずっと低いままだったが、そのことだけは別だ。しかも、いつになく浮かれる里菜を見て、しだいに意地の悪い気持ちになっていた。彼女が恥ずかしがることを、強引にでもやってみたらどうかと思った。

──途中でいきなり明るくしてやろうか……。

自宅に呼んだときは頑なに拒まれたが、やってみれば意外と昂奮するかもしれない。そう考える背景には、秘部を晒すことで烈しく昂ぶった真理子の姿がある。兄が彼女をそういう女にしたのであれば、自分も同じことをやってみたい、という思いもあった。

恥ずかしがることを無理やりやって、それが原因で嫌われたとしてもかまわない、ふとそんなことも思った。自分から婚約を破棄できるだけの勇気はないので、そうなればむしろ都合がいい。

──もし婚約が解消になれば、義姉さんは会ってくれるんじゃないか。

そういう計算が働いた。

嫌われるためにやるわけではないが、結果的にそうなってもいいと開き直れば、大胆なことも平気でやれる。

「ねえ、聞いてる？」

妙案についつい夢中になって、途中から里菜の話を聞いてなかった。

「ごめん、ちょっと別のこと考えてた」

「どんなこと？」

「せっかく箱根に来たんだから、温泉に入ってみたいなって」

咄嗟にごまかしたが、チェックインしたときに考えたことでもあった。温泉浴室は男女入れ替え制だが、二カ所あるので同じ時間帯に入れるそうだ。のんびり湯につかってから、たっぷり愉しむのもいいだろう。

「そうね。じゃあ、食事が終わったら先に入りましょう」

「先にって、なにに対して先なんだ？」

里菜は口を噤んでしまい、今度は別の理由で頬が赤くなった。やはり今日はいつもの彼女と違い、気分がずいぶん高まっているようだ。

——この分なら、かなり思いきって行けそうだな。

達也は彼女の横でほくそ笑んだ。

「とにかく、食事がすんだら温泉ね、そういうことでしょ」

「まあ、そういうことだね」

里菜は頬を染めたまま、さっきわたしが話してたのはお土産のことだと言って話を替えた。

2

ゆっくり温泉につかってから部屋に戻ると、達也はホテルの寝衣に着替えた。ガウンのように羽織るもので、彼の身長だと膝がやっと隠れる程度だ。ベッドで横になって休んでいると、里菜も戻って来た。

「ああ、気持ちよかった。芦ノ湖がよく見えるのね」

「こっちは天井から空が見えるだけだったよ。星は綺麗だったけど」

里菜はバスルームで寝衣に着替えてきた。肌の手入れもすませたようだ。

「朝から男女入れ替わるんでしょ。明日もう一度入ったら？　夜より眺めがいいわよ」

自分のベッドに座って、タオルで髪を乾かしながら言うが、達也はそこまで温泉に執着はなかった。それに朝はのんびり湯につかっている時間はないだろう。

里菜のタオルドライが終わるのを待って隣に移動すると、

「もう？」

まだ早いとでも言いたげだが、そのわりにはすんなり横になった。すでに彼女もその気になっているのだ。

「そうだよ、もういいだろ」

「明かりを落として……」

目論見はあるが、最初はいつも通り薄明りにしてやった。

覆い被さって頬にくちびるを当てると、自分から顔を横に向けてきた。くちびるが触れ合うと同時に、舌を差し入れる。里菜もすぐにからめてきて、温かな吐息が溶け合った。

このところの里菜は、前みたいにすぐあえいだりせず、しっかり舌をからめるようになったが、今日はさらに積極的だ。達也が舌を止めても、彼女はやめずに擦りつけてくる。

午前からテンションが高かったのが、まだ続いているようなので、達也は最初からどんどん飛ばしていくことにした。

いったん離れて、耳朶から裏側を舐め回してくちびるに戻ると、舌の動きはいっそう速く大きくなった。耳の裏は弱点のひとつで、舐められると感じやすいのだ。

ノーブラのバストを揉みはじめると、とたんに舌の動きが鈍くなり、くちびるを重ねたまま息をあえがせた。それでも揉むのをやめると、すぐにまた舌をからめてくる。そこまで積極的な里菜は初めてで、明らかに昂ぶり方がいつもと違っていた。

ボタンを外して生の乳房を揉みしだく。乳首はすでにこりこりして硬い。摘まんで弾力を確かめると、

「あうっ……あぁっ……」

甘えるような鼻にかかった声で体をくねらせた。口に含んで転がしながら、ボタンを下まで外していくと、里菜は腰をくねらせ、内腿をもじもじすり合わせる。

脱がされるのが恥ずかしいのかもしれないが、躊躇いは必要ない。

さらに達也は自分の寝衣も急いで脱いでいくが、その間も攻めるのをやめず、乳首を両方交互に甘咬みした。どちらも同じくらい敏感なので、いつも偏りなく攻めることにしている。

ブリーフ一枚になると、再びくちびるを重ね、乳房から腰、太腿、さらには尻まで万遍なく撫で回した。

そうしている間も、里菜は太腿をしっかり閉じて擦り合わせている。だが、ふ

いにぐいっと強くなるところを見ると、脱がされるのが恥ずかしいわけではなく、気持ちいいからに違いない。

――無意識でやってたりして……。

すでに秘処はかなり潤んでいるのではないかと思った。内腿をすっと掃くように撫でると、さらに強く擦り合わせるが、潜り込ませる手は意外と簡単に入っていった。

人差し指全体をショーツの底の部分にあてがうと、かなりの湿り気を感じた。

なんだこれは！　という感じでぐいぐいさぐると、太腿で締めつけてきた。それでも強引にさぐり続け、自然と愛撫の手つきに変わっていくと、締めつける力は目に見えて弱まった。

「あっ……ああん……」

あえいでいた息は甘い声に変わり、やがて太腿はすっかり緩んでしまった。

ショーツの上から指先で揉み回すと、すでに花びらが厚ぼったく開きはじめている感触だ。試しに横から指を潜らせると、ぬちゃっと滑って沼地に嵌まり込んだ。溢れた蜜が広がって、秘処全体がぬめっている。

「すごいね。なに、これ」

「あああ、いやっ……」

びっくり、というより呆れた口調で指摘すると、里菜は顔を背けて身悶えした。

ショーツの底を摑んで隙間を広げ、濡れた花びらをこね回し、感じやすい芽を莢ごと揉んだ。

「はううっ！　あっ……あぁん……」

とたんに腰が揺れて、達也は狙いが定まらなくなる。

面倒なのでショーツを脱がせてしまい、里菜の脚の間に両膝を割り込ませ、真上から覆い被さった。さらに膝で左右にぐいぐい押し広げ、脚を閉じられなくしてしまった。

これで体勢充分と見た達也は、照明のスイッチに手を伸ばし、部屋を明るくした。テーブルのライトまで点けて、できる限りの明るさを確保する。

「いやぁ！　やめて、なにするの、早く消して……あああ、いやぁ……」

里菜は激しくもがいて、秘処を両手で隠した。

だが、達也は余裕だ。慎重に上体を起こしながら、両手で太腿を押さえ込んだ。

里菜が体を横に振った隙に、浮いた左の太腿を抱え込み、さらに暴れるのをよく見極めながら、タイミングを計って右も抱えてしまった。

「なによ、やめてったら……変なことしないで、ああ、ダメェ……」

「そんなに大きな声出すと、廊下まで聞こえちゃうよ」

「ああ、いやっ……」

急に声を落として、顔を背けてしまう。じりじり進んで里菜の尻をさらに浮かせ、その下に腰を据えた。宙に浮いた秘処は手で隠しているものの、里菜は脚を閉じることができない。

アダルトビデオで見たポーズを自分がやっていることに、達也は昂奮を抑えられなかった。ＡＶ男優になったようで、ますます気分が乗ってくる。

里菜は乳房が剝き出しなのに気づき、慌てて左手で隠した。だが、脚を開いて屈曲した体勢そのものが無防備なことに変わりはない。

「明るいところで見たいんだ。手をどけてくれないか」

無言で激しくかぶりを振るが、もちろん自分から見せてくれるとは思っていない。達也は脚を閉じられないように警戒しながら、秘処を隠す手を摑んだ。

「嫌でも見たいものは見たいから、ごめんね、ちょっとどけるよ」

口調はあくまでもやさしく、だが、容赦なく手を横にずらすと、里菜は乳房をあっさり放棄して、左手で秘処を覆った。

だが、その手も摑んで横に退けてしまう。

「はぁ……」

せつなげな声とともに、濡れた秘処がついに暴かれた。達也は胸を昂ぶらせ、うっとりため息をついた。

肌と同じ色白の花びらに囲まれて、艶々したパールピンクの秘肉が妖しく蠢いている。ぎざぎざした小さな穴の中は、もっと鮮やかなピンクの粘膜が入口近くに迫《せ》り出している。

乳首の感動を思い起こさせるほど綺麗な秘肉だが、黒々とした毛叢が花びらの脇まで細く延びていて、これだけの明るさで見ると、コントラストがいかにも卑猥でぞくぞくさせられた。

里菜の両手を摑んだまま太腿を抱えるのは大変だが、間近でこの光景を見たら、いくらでも力が湧いてくる。

里菜は顔を背けたままだが、チラッと横目で達也を見ると、身も世もないといった風情でかぶりを振った。

ほんのりと香る乳酪臭に誘われて、つい舌を伸ばしたくなるが、達也はしばらく何もしないで眺めることにした。真理子がそうだったように、羞恥を煽られて快感がいっそう高まるかもしれない。

しばらくすると里菜は、〝どうしたの？〟といった目で様子を窺い、達也が間近で秘処を見つめていると知って、さらに激しくかぶりを振り、脚をわなわな震わせた。

それでも何もせずにいると、しだいに息が荒くなって、せつなげに身をくねらせる。

「ああ……ああんっ、いやぁ……」

そして、どうにかしてほしいとでもいうように、腰をくねくね振りはじめた。

「どうかしたの？」

意地悪く尋ねても、里菜は何も言わない。だが、ただ見ているだけなのに、小さな穴の奥から透明な蜜が湧いて、花びらの内側いっぱいに溜まっていく。花びらは生きた貝のようにゆっくり蠢いて、達也を誘っている。

「すごいね、どんどん露が溜まっていくよ」

「いやよ、もうダメ……ああん、もう……」

腰を揺らした拍子に溜まった蜜が決壊して、莢の脇から秘丘の毛叢の中へ流れていった。

「どうしたの？　なにがダメなの？」

　達也はとぼけた調子で尋ねる自分に酔っているところがあった。兄も真理子にこういうことをしたのだろうと思うと、張り合う気持ちもあって、里菜を煽るもの言いがますます愉しくなる。

「いやぁ、イジワルしないで……ああ……」

「イジワルじゃなくて、なにをしてほしいの？」

「ああん、もういや……さ、触って……そんな、見てないで触ってよ……ああっ……」

　里菜は駄々をこねる子供のように脚をバタバタさせた。両手から力が抜けたので、もう摑んでいる必要はない。

「そんなに言うなら、しょうがないか」

　なおもとぼけながら、溢れた蜜を秘処全体に塗り広げると、花びらがぐにゅぐにゅして、卑猥な形に歪んだ。指で大きく開いてじっくり眺めると、またも奥から溢れてきて、汲めども尽きない感じだ。

　莢からほんの少し見えている芽を擦ったとたん、

「……あああんっ！」

悲鳴も甘やかに響いて、屈曲していた脚が大きく揺れた。あとからやや白っぽい蜜液が滲み出し、それをまた塗りつけているうちに、中指がにゅるっと嵌まり込んだ。

そのまま奥まで突き入れると、里菜は大きく口を開けて仰け反った。だが、声にはならず、くちびるを戦慄かせるだけだ。

まだ生硬い肉壺がぬめぬめ締めつけるのはいつもの通りだが、最初から引き攣るような蠢動が続けざまに起きた。こんなことは初めてだ。それだけ快感の高まりが早くて激しい証拠だが、明るいところで秘処を見られてそうなったことに、達也はほくそ笑んだ。

ゆっくり抽送を始め、しだいに速めていくうちに、蠢動はさらに強くなった。里菜はくちびるを戦慄かせて、また仰け反った。

抜き挿しを続けながら空いた手で肉芽を擦ってみると、とたんに里菜の腰が暴れだし、体勢が崩れそうになった。

——やっぱりクリの方がまだ感じるんだな。

指を引き抜いて、両脚の太腿をしっかり抱え直す。ぬめ光る淫花に顔を近づけると、饐《す》えた乳酪臭がさらに濃くなって鼻を衝いた。達也は躊躇うことなく肉の芽を舐め上げた。

「あうう っ!」

里菜はうめき声を上げて脚をばたつかせるが、体勢がぶれないようにしっかり抱え込んで、なおも舌を這わせた。敏感な肉の芽はもちろん、舌先を尖らせて蜜穴を突っついたり、花びらを振ったりもする。

虚ろな目を宙に彷徨わせ、里菜は金魚みたいに口をぱくぱくさせている。明るいところでクンニされているのに、もう恥ずかしがるどころではない。

快感に翻弄される様子を眺めながら肉芽を攻めていると、ふいに目が合った。ぼんやり焦点が定まらないように見えていた里菜が、ハッと目を剝いたかと思うと、大きく仰け反って身悶えした。

自身の秘めやかな部分に達也の舌が伸びているのが目に入り、烈しく羞恥をかき立てられたに違いない。

脚も腰も断続的に揺らいでいたが、それでさらに腰の揺れが激しくなり、抱え込むのにかなり力が要るようになった。

アクメが近いと感じた達也は、太腿をさらに強く押さえて追い込みにかかった。クリトリスを小刻みに弾いたり吸ったり、変化を交えながら休むことなく刺激しまくった。

「あっ……あっ……あんっ……」

里菜は切れ切れに声を上げ、脚も腰も震わせて快感を露わにする。が、ふいに両脚がピンと伸びて宙を大きく蹴り上げたかと思うと、腰の揺れが止まった。

「あむっ……」

あえぎ声を呑み込んで静かになり、そのまま固まってしまった。

――イッたな……。

硬直が解けて全身が弛緩すると、尻の重みがぐんと増した。

抱えていた下半身を下ろしてベッドに横たわらせると、里菜は唾液と淫蜜にまみれた秘処を隠そうともせず、両脚を大きく投げ出したままでいる。

触れもしないのに、思い出したように太腿がぶるっと震えた。

虚ろな目は焦点が合っていないようだった。

3

達也はブリーフを脱いで裸になると、片肘をついて、あられもなく晒された股《また》座越しに里菜の顔を眺めた。

撚《よ》れて口を開いた秘裂と、正気を失くしたような表情を見比べつつ、花びらを広げたり歪めたりして弄んでみたが、とりたてて反応はない。

だらりと伸ばした手を取ってペニスを触らせても、やはり同じだった。離しはしないが、握りもしない。心ここにあらずというか、圧倒的な快感がまだ尾を引いて、まともな思考力がなかなか戻らない様子だ。

――明るくして、大正解だったな。

烈しく羞恥をかき立てられたことが、快感に直結したのは間違いない。

強引にやって嫌われてもかまわないと開き直ったが、これなら嫌うどころか、視姦される感覚に目覚めたかもしれない。女の肉体に新たな快楽を刻み込んでいるのかと思うと、達成感や愉悦感は一方ならぬものがあった。

しばらく肉びらをいじって遊んでいると、里菜はようやくのこと、腰を捩って彼の手を逃れ、太腿を閉じた。だが、動きはまだまだ緩慢で、気怠そうだ。

ペニスから手も離れたが、こちらはもう一度触らせると、軽く握ったままになった。

「ずいぶん気持ちよさそうだったね」

「やだ、もう……」

顔をぷいと逸らしても握ったままでいる、といっても、ほとんど力は入っていない。ただ触られているだけなのに、七分立ちのペニスはじわりと硬さを増して、腰をもぞもぞさせたくなる心地よさだ。

「なんで、あんなひどいことしたの？　明るくしないでって、言ってるのに」

里菜は昂ぶりがなかなか引かなくて、息が乱れがちだ。声もところどころ上ずって艶っぽいから、とても不平や抗議には聞こえない。

「でも、それが意外によかったみたいだね。あんな激しくイッたのは、ひょっとして初めてじゃない？」

それにはもう答えず、顔を背けたまま黙り込んだ。正鵠を射られ、返す言葉が見つからないといったところか。激しいアクメだったので、自分でも驚いているのかもしれない。

フェラをさせてから挿入、と思ったが、体勢がシックスナインに近いのでそちらで行くことにした。

相互のオーラルはまだやっていないが、フェラチオそのものには慣れつつあるし、激しいアクメのあとなので押しきれる自信があった。

彼女と完全に逆向きで平行になり、腰を移動させてペニスが顔のすぐそばになるように仕向けた。ヘッドボードで足が閊えるので、里菜の脚を引っ張ると、少しずれてくれた。

その気でいるのかも、と思ってあえて〝口で〟とは言わず、横向きになって股間を突き出した。

すると、里菜はさっきから軽く握ったままでいるペニスに、おずおずと顔を近づけ、ほんの少し躊躇いを見せただけで、亀頭にぬるりと舌を這わせた。

いったん触れると、あとはちろちろ、ぺろぺろ、母猫が毛繕いするように熱心に舐めだした。教えてきた舌使いをそれぞれきちんと復習する、その律儀さがいかにも彼女らしい。

ひと通りやり終えると、次はすっぽり口に含んでおしゃぶりの復習に入った。近頃はいつもこのパターンで進む。一見すると決まった形をこなしているだけのようだが、舐め方もしゃぶり方も着実に上達していた

半身を起こし、里菜の寝衣を引っ張って脱がせると、しゃぶり方はいっそう積極的になった。

「あっ……んん……」

吸引と同時に舌が蛇行して、とたんに快感が高まった。

すると、さらに強く吸われ、舌の蛇行も勢いを増した。学習能力も意欲も充分な上に、さきほどのアクメの余韻で積極性に拍車がかかっている。

達也は快楽の波に揺られながら、彼女の太腿から尻へと手を這わせ、肌理《きめ》の細かな手触りを堪能した。

柔媚な円みは、弾力に富んでぷにぷにしている。双つの山の狭間に手をしのばせると、ぎゅっと強く挟みつけた。

——いまさら、そんなこと……。

すでにクンニでアクメに達しているのだから、秘処を触られるのをそんなに恥ずかしがることもないだろうと訝った。

だが、さらに手を差し入れた奥の方はかなり湿って、ぬめりが感じられる。

「濡れてる……」

呟いたとたん、太腿の力はさらに強まり、おしゃぶりにいっそう熱がこもった。

だが、太腿を締めつけるだけで侵入を阻めるわけもなく、奥へ行くほどぬめりは増した。クンニから時間がたっているので、新しく湧いた蜜であるのは明らかだった。恥ずかしがっているのは、ペニスをしゃぶっているうちに濡れてしまったことに違いない。

達也はニヤリと頬を緩めた。片脚を摑んで持ち上げると、里菜はペニスをしゃぶったまま腰を捩らせる。

「んんっ……んんんっ！」

かまわずそのまま顔を跨がせて、太腿を両側から押さえ込んだ。

「……んあっ……ああ……」

里菜はペニスを吐き出してあえいだが、もうどうにもならない。顔のすぐ上に秘処が晒されて、達也は再びほくそ笑んだ。思った通り、新たな蜜で濡れそぼつ花びらが、反り返るように開いている。

その少し外側を指で押さえ、ぐいと広げると、歪んだ花菱が妖しく蠢いた。中の小さな穴は、すぼまったり開いたりをゆっくり繰り返している。

「ああ、いや……だめぇ……」

里菜は尻を揺すって訴えるが、肉竿は握ったまま離さない。

「しゃぶるのをやめないで、続けて」

落ち着いた声でやさしく言うと、我に返って口に含んだ。達也は淫花を広げたまま何もしないで、しばらく様子を窺った。

するると、ぎざぎざした秘穴がきゅっと勢いよくすぼまり、再び開くと奥の方から新たな蜜が湧くのが見えた。

「また濡れてきたね。自分でわかる?」

「んんむぅ……んん……」

里菜は答える代わりに、頭の振りを速く、吸い方も強くした。花びらを歪めて弄ぶと、舌はさらに忙しなく動いて、恥ずかしさを紛らわすようなエスカレートぶりだった。

達也は満を持して秘芽に舌を伸ばした。ちょろっと軽く嬲《なぶ》っただけで、

「はううっ!」

大きく腰が揺らいで、くぐもった叫び声が上がる。小刻みにちろちろやると、ぶるぶる震えだし、ペニスを吐き出してしまった。快感が高まると、たちまちフェラチオどころではなくなってしまう。

達也は快感が高まると、クリトリスを攻めておしゃぶりを中断させることで性感をコントロールした。中断している間に少し落ち着けてから、またしゃぶらせるのだ。

クリ攻めであられもなく乱れた里菜は、それが止むとおしゃぶりに戻って、無

心に首を振り舌を使った。

だが、快感が高止まりするにつれて戻るのが遅れ、やがては口に含むだけで精一杯という状態に陥った。

達也は挿入の頃合いと見て里菜の下から抜け出すと、バックで挿入するつもりですぐに背後を取った。彼女はあまり後背位を好まないが、今日の昂ぶり、悶えぶりなら行けると踏んだのだ。

いつものように仰向けになろうとするところを、腰を摑んで制し、間髪を容れずにペニスをあてがった。彼女の動きが緩慢なのをいいことに、後ろを見る前に秘裂を割って亀頭を埋め込んだ。

「あっ……あぁん」

意表を衝かれて里菜は振り向こうとしたが、奥まで突き入れたとたん、仰け反るように顎を前に突き出した。

抽送に移ると、かくっと項垂《うなだ》れてしまい、髪を揺らしてしきりに首を振る。だが、ふいにまた仰け反って、快感を露わにした。

里菜に嫌がる間を与えることなく後背位に持ち込めたことで、達也はますます気持ちが乗ってきた。今日はずっと自分本位に事を進めているが、思うままに突き進めばいいのだと、彼の意識は変わりつつあった。

何より里菜の体の反応が正直なので、その分、彼女の考えを変えることも、思っていたほど難しくなさそうだ。気をよくしたおかげで、抽送はどんどん激しくなっていく。

柔らかな尻に太腿が当たり、パンッ、パンッ、パンッと小気味よい音が鳴り響いた。突くたびに腰を引き寄せることで、摩擦感はさらに高まり、締めつけも強くなった。

里菜は両肘をついて達也のストロークを受けとめていたが、その激しさからか、あるいは昂ぶりのせいか、とうとう崩れるように顔面から突っ伏してしまった。

「うむっ……うむっ……んんっ……」

尻だけ高く持ち上げた卑猥な恰好で、ベッドに頬を擦りつけ、くぐもったうめき声を洩らすが、笠のように広がる髪に隠れて表情は見えない。

快感に翻弄されながら懸命に堪える表情が見たい。悶え乱れる様子をつぶさに観察しながらフィニッシュしたい——そう思って達也は、体勢を変えることにした。

いったん引き抜いて里菜を仰向けにさせると、両脚を大きく開かせてその間に

腰を据え、素早く奥まで埋め込んだ。ずん、ずん、ずんと突き込むと、

「あああ……あうっ……あうっ……」

切れ切れにあえぎ声を洩らしながら、里菜は縋るような目で両手を伸ばしてきた。ラストは正常位で抱き合って迎えたいのだろう。

「キスしよう」

前屈みになってくちびるを差し出すと、くちづけを求めて抱きつこうとする。達也はペニスが抜けそうなくらい引いた状態で抽送を止め、くちびるを差し出したまま彼女を待った。

だが、里菜が懸命に体を起こして、くちびるが触れそうになった瞬間、奥までずんっと突き込んだ。

「あ……あああーん……」

里菜は仰け反って倒れ込んでしまい、せつない声を上げて身を悶えさせた。寸前でくちづけをお預けにしてしまったことで、達也はひそかに昂ぶりを覚えていた。

焦らすのは同じでも、真理子のときと微妙に感覚が異なる気もしたが、どう違うのかまではわからなかった。ただ、焦らすことで里菜の性感を開発しやすくな

るという自信はあった。

そのまま抽送を続けると、里菜はまた縋るように手を伸ばしてきた。だが、ゆらゆら揺らめくばかりで、手が届くところまで達也が前屈みになっても、力が入らなくてうまく抱きつくことができない。

何とか背中まで手を回せたところで、激しく突き込んで快感を一気に高めてやると、さっきと同じく仰け反って倒れ込んだ。

「あっ……あっ……ああん、いやぁ……」

繰り返し焦らすことに何とも言えない愉悦感を覚え、里菜とのセックスが明らかに変わりつつあると感じた。

すると、クンニのときに彼女が自身の秘処を見て羞恥に駆られたのを、ふと思い出した。

──折りたたんでみるか……。

あれと同じ屈曲位にして、結合部分を見せてやれば、さっき以上に惑乱するかもしれない。

思い立つとすぐに里菜の両脚を抱え、繋がったまま覆い被さった。尻が浮いて秘裂が天井を向いたので、彼女の目で容易に捉えることができる。

だが、二つ折りにした里菜に上から突き込むのは意外と大変で、抽送しながら彼女に結合部を見せるのは、達也の体勢が苦しそうだった。

それであっさりやめてしまい、枕を縦にしてヘッドボードに添えると、彼女を起こしてそこに寄りかからせた。といっても、両脚を肩に担いだままで、屈曲の体勢は変わらない。

「アソコを見て。入ってるとこが、よく見えるだろ」

枕にもたれて背中を丸めた姿勢だから、里菜はもろに自分の股を覗き込むことになった。

「ああ、いやっ……見たくないわ、こんなの……恥ずかしすぎる……」

咄嗟に顔を背けたが、濡れた肉で繋がる部分はしっかり目に入ったはずで、これなら達也にもよく見える。できるだけゆっくり抜き挿しすると、太い肉竿が刺さっては出てくる様子がつぶさに観察できた。

「恥ずかしいもんか。みんな、こういうことをして気持ちよくなってるんじゃないか。いいから、もっとよく見てごらん」

顔を背けたまま首を振っていた里菜だが、ふいに動きを止めて覗き込んだ。怖いもの見たさ、という感じでほんの一瞬だったが、まじまじと見つめると、〝信じられない〟といった風情でまた激しく首を振った。

だが、少しするとまた覗き込んで、イヤイヤをする。

「ダメよ、こんなの……ああん、もうイヤ……」

そう言いながらも、チラッ、チラッと何度も見やり、うわ言のようにダメとイヤを繰り返す。そのたびにペニスは強い収縮に見舞われ、思わず抜き挿しが速くなる。

結合部を見つめる時間はしだいに長くなり、肉壺の収縮も立て続けに起こるようになった。

「うっ、なんだこれ……ああ、気持ちいい……気持ちいいよ」

同時に蠢動も生じて、達也は心地よい波の上で射精欲を感じた。ところが、頂点に向かってスパートをかけたとたん、

「あっ……あっ……ああんっ……」

里菜が切れ切れの声を上げて腰を震わせると、がくんっと揺れて硬直した。天井を仰いだまま、虚ろな目をしてくちびるをあえがせている。

呆気なくアクメを迎えると、肉壺の入口が強く引き締まり、中は引き攣るような蠢きが続いた。達也は抽送を遅くしてその快美感を存分に味わった。

ゆっくり抜き挿しするうちに収縮は治まり、彼女の体は弛緩したが、表情はまだ蕩けたままだ。

あらためてスパートすると、間もなく里菜の腰が震えだした。強い締めつけも起きている。いったんアクメに達したあとで、イキやすくなっているようだ。

今度は激しい腰使いで追いかけ、里菜が再び硬直してもなお突き続けた。入口から奥まで締めつけられながら、達也は夥しい精液をフィアンセの秘奥に注ぎ込んだ。

二人は一緒に横に倒れてぐったりした。

しばらく余韻にひたっていると、里菜が上気した顔を向けて、間延びした声をかけてきた。

「どうしたの？　なんだか、いつもと人が変わったみたいで……びっくりしちゃった……」

強引な達也のやり方を責めてはいないようで、むしろ、受け容れてさえいるような口ぶりだ。

「いつもと違う一日だったから……じゃないか」

これまでの里菜とのセックスを考えると、最高の快感を味わえたのは確かだった。しかも、彼女の反応からすると、さらにこの上に行けそうだという確信があった。もっといろいろなことを試して、里菜の中で眠っている女を目覚めさせる自信がますます湧いてくる。

だが、逆に気持ちは里菜から確実に離れつつあった。そのことにふと気がついて、達也の脳裡に〝婚約〟の二文字が、あぶり出しのように浮かび上がるのだった。

第六章　囚われの美女

1

六月に入ると、梅雨入りを前に快晴の日が続いていた。箱根から戻って以来、達也は何とかして真理子に会いたいと思っていた。このままでいると挙式から新婚生活へ、レールの上を走るように進んでいくばかりで、そのことに違和感と焦りを覚えてしまうのだ。

里菜はホテルのガーデン挙式をいたく気に入って、あそこに決めたいと言い、早速翌週に申し込んで十月初旬の土曜日に挙式と披露宴が決まった。具体的な打ち合わせのために、今週末、再び出向くことになっている。

だが、達也は日に日に彼女から気持ちが離れていくのを感じて、真理子と会って胸の内を正直に明かしたい、いまならまだ引き返せるかもしれない、という思いを強くしていた。

仮に引き返せたとしても、それですぐに先の展望が開けるわけではない。真理子が坂元の籍から抜けるのはもっと大変だとわかっている。だが、彼女と会って話すことが立ち止まるきっかけになる気がした。

それで今日は一日有給休暇を取って、彼女を訪ねてみることにした。

電話やメールでは断られるのは目に見えている。直接会いに行けば、

——まさか、門前払いってことはないだろう。

という期待があった。幼稚園のバスが来る前なら確実に会える、とも考えた。

実際にはバスの時刻から少したってしまったが、彼女は家にいて、インターフォンで訪いを入れると、待たされることなくドアが開いた。

「やっぱり来たのね」

真理子は驚いている様子もなく、落ち着いた声で彼を招じ入れた。

「来るだろうと思ってた?」

「そうね。もう少し早いかと思ってたけど……」

「ふうん、そうなんだ」

電話でもメールでも断られてばかりだったが、こうして会ってみると、ずっと拒まれていたのが嘘のようで、むしろ訪ねて来るのを待っていた感じさえするのだった。

「今日は仕事はお休み？」

「どうしても義姉さんと話がしたくて、一日休みを取った。いきなり来て、ごめん。前もって言えば、また断られると思ったから」

それには応えず、真理子は穏やかな表情で見つめている。

「ホントは美和ちゃんのバスが来る前にって思ったんだけど、いてくれてよかった、買い物とか、出かける前で」

今日は美和が幼稚園から帰るまで、特に用事はないのだと真理子は言う。

「でも、せっかくこんなに好い天気だから、ちょっとお出かけしようか」

「えっ……」

彼女の態度があまりにも落ち着いているので、達也はたじろいだ。どうしても話がしたくて休みを取ったと言ったのに、警戒したり深刻に受け止めている様子がないのは、最後通告のように何か決定的な言葉を用意しているからではないか。

「ちょっと待っててね、いま着替えてくるから」

そう言って達也をリビングに残し、真理子は奥の部屋に消えた。たぶんそちらは寝室だろうと思い、坂元のさえない顔が浮かんだ。女に対する探求心が欠けていると言いきった、彼女の声と表情が脳裡に甦る。

しばらくすると、真理子は外出着に着替えてきた。ふわっとした草色のスカートに明るいベージュのブラウス、上に白いレースのボレロを羽織っている。

「どこがいいかな。達也さんはどこか行きたいところはある？」

「べつに、どこって言われても……」

予想していなかったことで答えに窮していると、真理子の提案で鎌倉へ行くことになった。美和の帰りのバスは二時半過ぎなので、それまでに戻れば大丈夫だという。

鎌倉まではＪＲの電車で三十分ほどだった。二人はひとつ手前の北鎌倉で降りて、緩やかな坂道をぶらぶら歩いた。まだ時間が早いのに、思ったより人が多かった。

「そろそろアジサイが見頃だから、混雑してくるわね」

「どこだっけ、有名なところ」

「この先の明月院《めいげついん》と長谷寺《はせでら》と……あと、まだあったわね、なんて言ったか……」

ネットで検索すると、それに成就院《じょうじゅいん》を加えて三大名所とあった。

「へえ、これも江ノ電の方か……そっちまで行ってる時間はないかな」

最初は身構えるところがあった達也だが、真理子がのんびりお出かけを愉しんでいる様子なので、途中からちょっとしたデート気分に切り替わった。おかげで本題に入るきっかけがなかなか摑めない。深刻な話で空気が変わるのは、何だかもったいない気がしていた。

二人は円覚寺《えんかくじ》の境内で咲く花をぐるりと巡ってから、長い石段を上って弁天堂に出た。近隣の山や市街地の眺めが素晴らしく、遠くには富士山も望めるが、上るのがきつそうで敬遠されるのか、人影は疎らだった。ひと息ついたところで、真理子がぽつりと言った。

「式場、決まったそうね」

「……オフクロから聞いた？」

「何日か前に電話があって」

またよけいなことをして、と舌打ちしたくなったが、それでようやく本題を切り出すきっかけになった。

「実を言うと、婚約は白紙に戻そうかと思ってるんだ」

言ってしまって、それで気持ちがはっきり固まるようだった。

だが、真理子はあまり驚いた様子でもない。

「どうして？」

「一緒にいても、気持ちがどんどん離れていくんだ。このまま結婚したら、ずっと嘘をつき続けることになりそうな気がする。だから、いったん白紙に戻して、もう一度よく考えてみようかなって」

真理子は遠くを見つめて黙っていたが、やがて静かに頷いた。

「嘘をつき続けるのは、悲しいことね」

その声はやけにしんみりして、もしかすると自分のことを言ったのではないか、という気がした。

「義姉さんも嘘をついてる？」

真理子は答えずに俯いた。それが答えなら自分こそ白紙に戻すべきだと思い、達也は奮い立った。

「やっぱり婚約は破棄するよ。だから義姉さんもあの人と別れてくれないか」

俯いたまま、真理子は力なく首を振った。

「その方が義姉さんも、美和ちゃんにとってもいいことだと思うよ。だって、再婚したのは間違いだったって、この前言ってたじゃないか」

「そんなことを言って、困らせないで」

「どうして困るんだよ……」

真理子が周りを気にしたので、達也は声を落とした。

「本当は前からそう思ってたんじゃないの？」

「そんなことないわ。間違いっていうのは、かもしれないって言っただけ。でも、それはもういいの。忘れてちょうだい」

「無理だよ、そんな……」

達也はなおも追い縋ろうとしたが、くちびるを引き結んだ横顔に何か頑ななものを感じて、言葉が続かなかった。

歩きだした真理子について、弁天堂と洪鐘《こうしょう》をざっと見て回るが、忘れてと言ったのが釈然としなくて、それは本心ではなく、どこか無理をしているように思えてならないのだった。

もどかしい気持ちのまま石段を下りて行くと、途中で人影が途絶えていることにふと気がついて、思わず真理子を抱き寄せた。

「達也さん……」

腕の中でぽつりと呟いただけで、真理子は振り解こうというそぶりは見せない。いとおしさがこみ上げて、息が苦しくなった。

「わたしのことは、忘れた方がいいのよ」

そう言いながら、まだ離れようとしない。達也は、自分が離れなければずっとこのままでいるかもしれない、と思った。そのとき、首筋に真理子のくちびるが触れた。

戸惑いよりも先に胸が熱くなり、頭にカーッと血が上った。真理子はすぐに首から離れ、頰を伝って、さらにくちづけを求めてきた。息を止めてくちびるを重ねた瞬間、軽い目眩を感じて体が浮き上がるようだった。

舌は入れなかった。にもかかわらず、これまで経験した中で最も官能的で昂ぶりを誘うくちづけだった。

忘れた方がいいと言っておきながら、真理子は自分からくちびるを求めてきた。やはりさっきの言葉は無理して言っただけで、本当の心がそれを打ち破ったに違いない、と達也は感じた。足元のずっと下の方で話し声がするまで、二人はくちびるを重ねたままでいた。

2

「少し遅くなってもいいように、幼稚園に電話しておくわね」

鎌倉では手頃なデイユースのホテルが見つからなくて、ネットで調べて藤沢のホテルに予約を入れたところだった。真理子は電話で幼稚園の帰りのバスをキャンセルして、自分が迎えに行くが一時間ほど遅れると伝えた。

「けっこう融通が利くんだね」

「でも、延長料金はかかるのよ、当然だけど」

「あとで美和ちゃんになんて言うのかな」

「達也おじさんと会ってたって言うと、焼きもちを焼くかしら、あの子」穏やかな笑みを浮かべるのを見て、達也は不思議な思いに駆られた。自分からくちびるを求め、こうして誘いにも応えてくれるのに、どうして忘れた方がいいなどと無理をして言ったのか。坂元との離婚は本当に考えられないことなのか——直接ぶつけられない疑問が胸の奥で燻っている。

だが、とにかくいまは自分を受け容れてくれている、その歓びを噛みしめるだけだ。二人きりになれるところへ行こうと誘ったとき、真理子の目は安堵したようにゆっくり瞬いた、それがいまの達也のすべてを支えていた。

ホテルでチェックインをすませると、エレベーターの中でどちらからともなく抱き合い、くちびるを重ねた。部屋に着くまで待ちきれない状態で、今度はいきなり舌をからめ合い、唾液を溶かし込んだ。

部屋に入るなり、抱き合ったままベッドに倒れ込んで、貪るように舌を吸い、からめ合った。

会いたいのにずっと会えなかったことが、感情をいっそう昂ぶらせている。真理子の背中から脇、腰、ヒップへと手を這わせ、バストもやんわり揉みあやし、腕から指の先まで、体じゅうをくまなく撫で回した。

真理子も、本当は会いたかったのか、と思えるほど激しく舌を吸い、達也の愛撫を歓迎している。ヒップから太腿へ手を這わせると、自ら脚を折り曲げて、脹《ふくら》脛《はぎ》から足首へと彼を誘うのだ。

ストッキングの上から足の指を一本ずつ数えるように愛撫して、再び脹脛に戻ると、膝を立ててスカートの中へ達也を導いた。

ふんわりまとわるスカートを潜って内腿へ侵入すると、太腿がふるっと震え、ストッキングが途切れて素肌に触れた。

やや汗ばんだ肌は、その先が熱をはらんでいるのを感じる。ちょっと指を進めると、ショーツの縁に触れた。

そのまま秘めやかな部分に触れようとしたところで、達也は思い留まった。

――焦らさなきゃダメだ。

昂ぶりに任せて愛撫しまくっていたのを戒める自分がいた。

腿の付け根をショーツの縁に沿ってなぞり、円やかな秘丘を辿って反対側へ進むと、同じようにゴムの縁をアヌス付近までなぞった。

その次を期待するかのように真理子の腰がくねる。だが、下着には触れても、秘裂を避けてその外側をぐるりと愛撫するだけだった。腰はいっそう悩ましげにくねるが、彼女自身が望んでいることなので、さらにぎりぎりを通って核心部分には触れない。

「あああーんっ……」

さも残念そうな声を上げて、真理子は腰を波打たせた。だが、せがんだりはしないので、もっと焦らしてほしいのだ。

両脚の膝を立ててMの字にさせると、スカートの裾がずり落ちて股間が露わになった。ほぼ白に近い薄紫のショーツは、縦に細いシミができていた。

「もうシミになってるんだ。いやらしいなぁ、大して触ってもいないのに……」

「ウソよ、そんな……」

「嘘じゃないよ、くっきり筋がついてる」

ウエスト部分を引っ張って食い込ませると、細かったシミがすぐに太くなり、なおもぐいぐいやると秘裂を真っ二つに割ってめり込んだ。シミはさらに広がっている。

「すごいな、これ。べっとり染みちゃったよ」

言葉で煽っておいて、ショーツに指をかけて引き下ろすと、真理子は息をあえがせながら、腰を浮かせて脱がせやすくした。

足から抜き取って広げると、クロッチの内側がシミで変色している。

「ほら、こんなになってる」

広げたまま真理子に見せると、

「いやぁ……」

頬を染めてイヤイヤをするので、見ている前で匂いを嗅いでみせた。海産物を思わせる磯の香りに、半ば腐りかけた醗酵臭が混じって、つんと鼻腔を衝いた。

「なんだ、これ……」

煽るつもりではなく、つい素の自分が出てしまった。真理子は茹だったように顔を赤くするが、それでもじっと見ている。舌を出して舐めるそぶりをしても目を逸らさないので、本当に味見してみた。

匂いほどインパクトはないものの、思った以上に塩気が感じられ、尿も少し混じっているようだった。汚れた下着を舐めたのは初めてだが、クンニとはまったく違う昂奮をかき立てられてゾクゾクする。

「嘘じゃないでしょ。こんなにべっとり染みてる」

クロッチの内側を上にして枕の横に置くと、真理子は蕩けるように顔を歪めた。

達也はあらためて両脚をMの字に立てさせ、その間に腰を据えると、すぐ目の前に真理子の秘苑が無防備に晒された。淡褐色の肉びらは半ば口を開け、内部の赤みがかった粘膜が覗いている。

「アソコがもう開いちゃってるね。中が濡れてるのがよく見えるよ」

「そ、そんなに濡れてる？」

「濡れてるよ。いやらしい汁が溢れてる」

「ああん、もう……」

溢れた蜜はショーツを食い込ませたときに吸い取られて、いまはさほど濡れてはいなかった。

だが、誇張した言い方で煽ったせいか、見ている間に蜜穴の奥からじわっと湧いてくる。入口までいっぱいになると、押し出されるように溢れて縁に溜まり、ほどなく決壊して滴り落ちた。

「溢れて肛門まで流れていくよ……ああ、スカートがシミになっちゃう……」

真理子は慌てて腰を浮かせ、尻の下のスカートをずり上げる。達也はベッドカバーと毛布を捲ってシーツを表に出した。そこに生尻が乗ると、滴った花蜜がアヌスを伝ってシーツにポツンと染み出した。

「すごいな、どんどん溢れてくる。やっぱり義姉さんは、いやらしい女だ。広げて見せてるだけでこんなに濡れるなんて、ありえないでしょ」

そう言われても、真理子は広げた脚を閉じようとせず、甘く崩れた表情で達也を見つめている。

彼はもう煽る言葉がすらすら出るようになったが、そんな自分に酔いながらも、どこか醒めているところがあった。

こうしていやらしい言葉で真理子を攻めて、焦らして、昂ぶらせても、兄に仕込まれたからいまの彼女がいるのかと思うと、自分が感じさせているという実感は意外と薄かった。

兄はもっといろいろやっているはずだが、何をされたか問い質《ただ》す気にはならない。たとえ彼女が答えてくれたとしても、それを真似るのでは様にならないというか、兄の代わりを務めるだけではないかと思うのだ。

3

——目隠しなんか、どうだろう。Mっぽいところがあるから、やってみたら面白いかも……。

自分なりにいろいろやってみたくて、達也はそんなことを考えた。すでに兄がやっている可能性もあるが、どういう反応を見せるかが愉しみだった。ちょっと待ってと言い置いて、バスルームからハンドタオルを持ってくると、

「これで目隠しをするよ」

真理子の意向は訊かずに目の周りを覆った。

「達也さんが、そんなことを……」

「見られてるだけで感じるんだから、目隠しされたら、かえって視線を強く意識するんじゃないか」

希望的な予測が口を衝いて出た。

タオルは厚手で長さもさほどではないので、頭の後ろで一度結わえるのが精一杯だ。途中で緩んでくるかもしれないが、また縛り直せばいいと思い、強過ぎないぎりぎりでしっかり締めた。

「これで見えなくなったかな」

「全然見えない……達也さんがどこを見てるのか……」

真理子の声は微かに震え気味で、見た目も〝囚われの美女〟の風情を醸している。思いつきでやってみたら、達也自身もぞくぞくしてきた。

「さあね、どこを見てるか、想像するしかないね」

彼女の前をぐるりと移動しながら囁いた。やはり見えなくなったことで、視線をより強く意識しているようだった。

間近に寄って、ブラウスを押し上げる双丘の円みをじっくり眺めた。見られているのが実際にわかるのと、気配で想像するのと、どちらがより昂奮するだろう。

そんなことを考えていると、真理子の左手がバストを摑んで揉みはじめた。

ちょうど左のバストの頂上を見ていたところで、どうしてわかったのかと一瞬考えたが、もちろん偶然だろう。

バストを揉みながら後ろに倒れ、真理子はさらに右手を股間に這わせて、剝き出しの秘部をいじりだした。

「はぁ……」

せつなげにため息をついて、細い指が動き回る。湿った肉びらをぐにゅぐにゅ揉んで、クリトリスも莢の周りで円を描いたり中心を擦ったり、いろいろ変化させながらあちらこちらを揉みまくっている。

「ホントにいやらしいな、自分からそんなことするなんて」

屈み込んで間近で眺めると、独立した生き物のように動く指が何とも卑猥に見える。達也の顔が接近したのが声でわかるせいか、指使いはさらに激しく淫らになっていく。

名案を思いついて、ポケットからスマホを出してカメラのレンズを向けた。画面いっぱいに濡れそぼつ秘苑を入れて、シャッターマークに触れた。

カシャッ！

静かな部屋に思いのほか大きな音が響いて、真理子がびくっとした。すると、中指と人差し指で肉びらを広げ、艶光りする粘膜を思いきり見せつける。写真を撮られたのを知って、わざとやったのだ。

思わず息を呑み、続けてシャッターを切ると、二本の指がにゅるりと蜜穴に没し、中の蜜が溢れ出た。

「オレはなにも言ってないのに、指を入れちゃうんだ。いつも一人でやるより、この方が昂奮するのか」

「そうよ……たまらないわ……ああ、気持ちいい……」

指は付け根までべっとり濡れて、出たり入ったりがますます激しくなる。達也はビデオに切り替えて撮影を始めた。

「ぐちょぐちょって音がしてるよ、エロい音が……せっかくだからビデオに撮っておこう」

はっきり音が録れるようにスマホを近づけると、真理子はわざと派手に音を立てて指を使った。

写真もビデオも煽情効果だけでなく、あとで自分が愉しむ目的もある。だから秘部のアップだけでなく、引いて腰の揺らめきを捉えたり、艶っぽいあえぎ顔を収めておくのも忘れなかった。

あからさまなオナニーを見せつけられて、ペニスはいきり立ってきた。

やはりAVとは比較にならない生の迫力があった。

達也は撮影を続行しながら、片手でチノパンを脱ぎ、ブリーフも取ってしまった。が、もちろんすぐに挿入する気はない。目隠しをしたままフェラチオさせるつもりだ。しかし、

——目隠しだけじゃなく、手を縛ってやろうか。

手を使えない状態でペニスをしゃぶらせたら、もっと刺激的な画になりそうだ。真理子には勝手にオナニーをさせておいて、もう一枚タオルを取りに行く。バスルームの鏡に映る肉竿を見て、真理子が咥えた図を思い浮かべながら、軽くしごきをくれた。

戻るとオナニーはいよいよ佳境を迎えていた。二本の指を激しく突き動かして、左手でクリトリスを擦っている。仰け反って切れ切れに甘い声を洩らし、右に左に首を振ってアクメへと邁進中だ。

達也はベッドに片膝をついて、身悶える全身を画面いっぱいに収めた。

「ああ、もうダメ……イッ……クゥ……」

甲高い声とともに手指の動きが止まり、腰を迫り上げる状態で硬直した。

数秒後、がくっと尻を落として、そのままぐったりとなった。

スマホのレンズを淫蜜まみれの指に近づけ、そこからゆっくり這い上がって、くちびるを半開きにしたアクメ直後の表情を捉える。

その口に屹立したペニスを突っ込みたい衝動に駆られながら、達也はひとまず撮影を中断した。

手を縛る前に裸にさせようかとも思ったが、着たままの方が〝囚われの美女〟にふさわしそうだった。

「義姉さん、やっぱりMっぽいね。目隠しだけじゃなく手を縛ってやるから、両手を出してみてよ」

嫌がったりはせず、気怠そうにゆっくり起き上がったので、素直に両手を差し出すだろうと思ったら、横座りになってくるりと背を向けた。両手は後ろで揃えたのだ。

――えっ!?

それを見て、手を拘束されるのは初めてではないと気づかされた。

――そういえば、さっきも……。

目隠しをされたら、何も言わないのに自分からオナニーを始めた。あれも目隠しでオナニーをさせられた経験があるという証拠のような気がする。もちろんそれをやったのは兄の和彦だ。

　達也は微かな苛立ちを覚え、真理子の手にタオルを巻きつけた。だが、長さが足りなくて、きちんと縛るのは難しい。何とかならないものかと苦慮していると、

「ベルトの方が……」

　真理子が助け舟を出してくれた。そうだね、と言って急いでズボンのベルトを引き抜いたものの、苛立ちはさらに増した。

　兄貴にされたことがあるんだね、とは口が裂けても言いたくない。黙って手首を縛ったが、やったことがないから要領が悪かった。とりあえず手首の少し上をバックルで留めて、あとの長くあまった部分をぐるぐる巻きつけただけだ。

　やり直せばもう少し巧くできる気はするが、時間をかけるとかえって兄との差を意識してしまうだけだと思った。

「その恰好、よく似合ってるよ。まさにMそのものって感じだね」

　言葉で煽るつもりが、ややうわずってしまい、気持ちはますますささくれていく。真理子は何をされるのかと、息を殺して待っている。立ち上がってペニスを握ると、柔らかな頬に亀頭を押しつけた。

「あっ……」

あえかな吐息を洩らして、真理子は身を硬くした。

頬から小鼻、さらには上くちびるに擦りつけ、鼻の穴を塞いだりもした。彼女は吐息を洩らしたくちびるをさらに開いて、咥えさせられるのを待つ風情だ。

それならもっと時間をかけようと、反対側へ回り込んで、耳やうなじにまで亀頭を擦りつける。ぐりぐり強く押しつけると、頬やくちびるが歪んで端整な顔立ちが台無しだ。

ふと撮影を忘れていることに気づいたが、それは後回しにして、綺麗な顔を蹂躙する方を選んだ。片手で真理子の頭を押さえて、ところかまわずペニスを擦りつける。

そのうちに表情が甘く蕩けてくると、その顔を精液でどろどろにしてやりたくなった。

「コレが大好きなんだよね。夜中にこっそり触りに来たくらいだから、真理子さんは立派なヘンタイだ」

「んむぅ……むっ……」

口を閉じてくぐもった声を洩らす。

「硬くて大きいのが好きなんでしょ」

「むうぅ……そ、そうよ……そうな……」

くちびるを開いたところへ、肉竿を躊躇いなく捻じ込む。

「……むあっ……あああ……」

くちびると歯に擦られ、突き入れると上顎の粘膜で亀頭が擦れた。すぐに舌がまといついて、甘美なぬめりに包まれる。すると、気持ちよくて腰が勝手に動きだした。

真理子も上体を前後に揺すって摩擦感を高めるが、頭に手を置いたままなので、無理やりそうさせているようにも感じる。目隠しに手まで拘束したことで、達也もS気分が盛り上がるのだった。

スライドしながら舌ですりすり擦られると、たまらなく心地いい。おかげで最初は自然に動きだした腰を、意識して使うようになった。俯き加減で咥える真理子に対して、やや膝を曲げて突き上げるようにすると、いかにも肉壺代わりに口に突き入れている感じがして、そそられる。

すると、しだいに腰使いが速く、大きくなった。彼女の頭に添えている手にも力が入り、気がつくと腰の動きに合わせて引き寄せていた。

イラマチオという名称は知らなくても、強引に抽送する行為はAVで見たことがあるが、自分が経験することになるとは思わなかった。

昂ぶるままに腰を使っていると、ふいに強く突いて上顎の奥深くに突き当たり、真理子が激しく噎せて、ペニスを吐き出した。口の中に溜まった唾液がどろりと垂れて、シーツに染み込んだ。

「あっ……」

一瞬、拙いことをしたかと達也は焦ったが、ほどなく噎せが治まると自ら口を開いたので、それほどのダメージはなさそうだった。

再びペニスを突き入れて、今度は両手で真理子の頭を抱えた。尻を突き出すようにして最も気持ちいい角度を見つけると、小刻みで速い抽送に切り替えた。射精欲が高まったので、一気に上り詰めるつもりだ。

真理子はそれを察したのか、舌をぴったり密着させ、さらには吸引を加えて快感を促進させた。

「おおおっ、気持ちいい……イクよ、真理子さん……ああ、イッ……」

急激に上昇しはじめたところで引き抜き、顔面めがけてしごいたとたんに激しい噴出が起きた。白濁液が口から鼻から、タオルにまで飛び散って、真理子はくちびるを引き結んでそれを受けとめた。

全部出しきったあとで、先端をくちびるに押しつけると、タッチ操作でドアが開くみたいに口が開いた。誘われるように挿入すると、亀頭をしっかり咥えられ、尿道に残った精液を吸い取られた。

達也は射精直後の敏感な状態で、下半身がぶるぶるっと震えた。

——これも兄貴にやらされたのか……でなければ、自分から兄貴にやったんだ。

そんなことが脳裡をよぎり、快楽の余韻と嫉妬の苛立ちが交錯した。

真理子の顔から精液が垂れるのを、指で掬ってあちこちに塗りつける。彼女はされるままで、息が荒いのを除けば身動きひとつしなかった。

4

快楽の余韻が去っても、真理子はペニスを咥えたままでいた。

ただ咥えているだけでなく、ときおり舌をずるっと蠢かせるので、そのたびに甘美な疼きを感じてしまう。

最初のうちは口が疲れて咥え直したのだと思っていたが、一定の間隔で続くので、意図的にやっているらしいと気がついた。

「もしかして、また立たせようってつもり？」

真理子は素直に頷いて、それからはっきり舌を使いはじめた。少し浅めに咥えて、舌の先の方で亀頭の裏筋を擦るのだ。

「立たせて、入れてほしいんだ？」

今度は二度頷いて、スライドまで始めた。

「それはそれは、なんとも欲張りなことで」

皮肉めいた言い方をしても、やめるどころか動きを速めてきた。自分はオナニーでイッただけなので、やはりペニスを挿入してほしいのだ。それならば、ということでしっかり勃起するように奉仕してもらうことにした。

「オレは仰向けに寝るから、ちゃんと口で立たせてよ、真理子さん」

もう〝義姉さん〟とは呼びたくなかった。脳裡に何度も浮かび上がる兄の影を払拭したいのだ。

真理子は達也の動きを気配で感じて、仰向けになる腰のあたりに移動しようとする。そのとき、いままで座っていたところにふと目が行って、シーツに大きなシミがついているのを発見した。

横座りでちょうど秘部が触れていた部分だが、初めにオナニーをしたときの尻の位置とは違うので、後ろ手に拘束されてから付着したのは間違いない。つまり、噎せるほどのイラマチオでさえ、シーツを濡らすくらいの快感に繋がっていたということだ。

——ホントにMだったんだ！

ほとんどわかっていたことではあるが、このシミで確証を摑めた。

真理子は仰臥した腰のところで真横を向き、股間に覆い被さった。目隠しで後ろ手に拘束された状態なので、口で触れてペニスの位置をさぐるが、額に竿が触れただけでわかったようだ。

しかし、下腹部に横たわった肉竿を、手を使わずに咥え込むのはそう簡単なことではなかった。

初めはくちびるで挟んで持ち上げようとし、次に舌を竿の下に差し入れて起こそうとして、結局、どちらも失敗した。硬くはなくても、まだかなりの太さを保っているので扱いにくいようだ。重さも影響しているのだろう。

四苦八苦するところを眺めながら、達也は愉悦感にひたった。目隠しに拘束という彼女の恰好が、奉仕の色合いをいっそう濃くしている。

続けて失敗したあとで、真理子は顔を横に向けて下腹に頬を乗せた。亀頭の先端をくちびるで挟みつけてから、じわじわ呑み込んでいく。

ある程度まで咥えると、舌を蠢かせて敏感な裏筋を刺激した。さらに顔を戻して竿を上に向けると、おもむろにスライドが始まった。手を使えないせいで動きはぎこちないが、奉仕に相応しい一所懸命さが感じられて達也は満悦した。

だが、それを口にしたりはしない。

「どうしても立たせようっていうんだね。そんなにチ×ポを入れてほしいんだ」

「んむぅ……」

くぐもった声とともに温かな鼻息が洩れて、心地よく下腹をくすぐった。ぎこちないながらも首振りは大きくなり、口をきゅっとすぼめて吸いたてると、ペニスはしっかり芯が通ってさらに硬くなっていく。それにつれて首振りがスムーズになり、勃起も早まるという好循環だった。

ところが、硬くなるにつれ、真理子はまた顔を横向きにしなければならなかった。手が使えないと、口だけでは根元が硬くなるのに抗えないようだ。

完全に勃起すると、とうとう口から吐き出してしまい、大きく息をついた。

「お願い、入れてちょうだい……オチ×チンがほしいの……早く入れて」

半泣きするような声に、達也はぞくぞくした。真理子はこんな声を出してまで貪欲にペニスをほしがる女なのだと、あらためて思った。

「しょうがないなぁ、そんなにコレがほしいんだ」

ペニスにしごきをくれて起き上がると、

「お願い、後ろから……」

そう言って這いつくばり、後ろ手に拘束された上体を肩で支え、尻を高く持ち上げた。そんな恥ずかしいポーズに自分からなるところがいかにもMらしいと、求められるままに達也は位置を変える。

だが、拘束したままではさすがに苦しそうなので、手だけは解放してやることにした。ベルトを解いてやり、ついでに着ているものも全部脱がせてしまう。全裸で目隠しだけという恰好も、なかなかそそるものがあった。

手が自由になってもすぐには力が入りにくいようで、ふらふらと上体を起こして、四つん這いになった。尻を突き出した白い尻肉の狭間で、濡れて綻ぶ肉びらから、赤みがかった媚肉が覗き見えている。ペニスを摑んでそこにあてがうと、真理子が感極まった声を洩らした。

「あぁ……あああーん……」

ゆっくり埋め込んでいくと、甘えるような鼻から抜ける声に変わって、細く尾を引いた。

突き当たるまで侵入してから、ピストンを開始する。真理子は前にのめって突っ伏してしまった。尻だけを持ち上げた卑猥なポーズだが、ほとんど腹這い状態に近いので、後ろから挿入した達也は背後に重なるような体勢になった。

「いいわ、動いて……後ろから突いて……ああん、いいわ……そうよ……」

両手と両膝をついて、抜き挿しは尻を浮かせたり沈めたりする動きだから、あまり激しくはできない。

だが、真理子はそれで充分感じているらしく、肉壺は心地よく締めつけて、ときおりぎゅっと強い収縮を見せる。

「背中を舐めて……あん、ダメよ、止めないで……突きながら舐めてほしいの……そうよ……ああ、いいわ」

「おっ……すげっ……」

抜き挿しを続けながら背中に舌を這わせたとたん、背筋を反らして悶え、ペニスがきゅきゅっと小刻みに強く締めつけられた。過激な体勢ではなく、激しい抽送でもないのに、真理子の反応は顕著だった。

「もっと舐めて……首も耳も、いっぱい舐めて……ああん……」

甘い声でねだっているように見えて、いつの間にか真理子が命じる側で、達也は従う側になっていた。

それでもかまわず求められるまま舐め続けると、彼女はますます昂ぶって、なやましげに体をくねらせた。肉壺も入口はさらに収縮を強め、中は立て続けに蠢動が起きてペニスを引きずり込もうとする。

――そんなにいいのか……。

とりたてて激しくもないのに、達也が思う以上に快感は高まっているようだ。不思議な気分でいると、ふいにある考えが脳裡をよぎった。

――これは兄貴とするときに好んだ形じゃないのか。だとすると、それをオレに求めるっていうのは……どういうことだ？

抽送を続けながら、父母の土産を届けに行った日のことが思い出された。リビングで達也が抱きしめたとき彼女は、とても懐かしい感じと言い、和彦に抱きしめられているみたいと言ったのだ。

これが兄とのセックスを彷彿する体位と決まったわけではなく、あくまでも憶測に過ぎないが、達也には確信めいたものがあった。

やはり、セックスのときも兄のことを思っていたのではないか。前にも引っかかった疑問が、いっそう色濃くなった気がする。

「これが、そんなに気持ちいいのか……ずいぶん変わってるんだね」

達也はうなじや肩をぺろぺろやりながら、もういない和彦に嫉妬していた。腰使いも自ずと荒くなり、真理子の尻を上から叩くように突き込んだ。

体勢的にどうしても浅い結合になるが、亀頭が入口の強い収縮に見舞われて気持ちいい。

勢いあまって真理子のうなじに歯を立てると、

「いやぁーん……イッ……イッ……あああっ……」

背筋を反らせてよがり声を上げた。さらに肩や二の腕にも歯を立てる。甘咬みではすまなくて、歯型がつくくらい強く咬んでしまっても、真理子は悦楽の声を上げて身悶える。

そのうちに目隠しのタオルが緩んできたが、いまさら結び直すこともないので、勢いに任せて腰を使い、ところかまわず歯を立てる。

しだいに射精欲が高まってきて、いっそう強く叩き込んだ。

「イクよ……」

「な……な、中にちょうだい……あああっ、中でイッてぇ……」

真理子の尻を上から圧し潰すように、激しいピストンでスパートをかけた。亀頭が抜け出てしまうぎりぎりまでストロークを大きくすると、

「ああん、イッ、イイーッ……!」

甲高い声を上げて、真理子の体が硬直した。すぐあとを追うように達也も激しい快感に襲われ、ペニスが何度も大きく脈動した。

すべてを吐き出してしまうと、たゆたう余韻を味わいながら、最後にもう一度、うなじに軽く歯を立てた。すっかり緩んで解けかかったタオルの隙間から、うっとり目を細めているのが見えた。

タオルを外してやり、しあわせそうな横顔を眺めているうちに、近くに誰かの視線を感じて振り向いた。が、もちろん誰もいるはずはなく、兄の幻影だとわかって苦笑いした。

真理子の背中に覆い被ったまま、うっすらついた歯型を消すように、うなじに舌を這わせる。

「こんなふうに、兄貴が舐めてくれたんでしょ。だから同じことをやってほしかったんでしょ」

あれほど避けてきたことを、とうとう訊いてしまった。

彼女はしばらく押し黙っていたが、やがてぽつりと呟いた。

「……ごめんなさい」

シーツに目を落としているが、どこか遠くを見ているようだった。

「達也さんに抱かれると、どうしても和彦のことを思い出してしまうの」

思っていた通りの答えが返ってきて、さきほど感じた嫉妬は不思議なくらい凪いでいた。

「やっぱりね……最初からそんな気がしてたよ」

「本当にごめんなさいね。でも、仕方ないの……どうしようもないのよ……だから……」

「だから、なに？」

真理子はくちびるを嚙んで、わずかに眉を顰《ひそ》めた。

「達也さんと一緒になるわけにはいかない。申し訳なくて、とてもそんなことできない。できないのよ」

自分に言い聞かせるように、きっぱりと言った。

達也は目の前で扉が閉まる音を聞いたような気がした。だが、真理子の気持ちがはっきりわかったことで、かえってすっきりしたのも確かだった。

ただ、問題なのは、それで里菜から離れてしまった心が再び戻るとは思えないことだった。

一緒になることはできなくても、達也の思いは依然として真理子に向いている。重ねた肌の温もりがいとおしく感じられ、できることならいつまでもこうしていたいと思うのだった。

エピローグ

達也は志賀部長の呼び出しを受けて、会議室に出向いた。普段の打ち合わせなら同じフロアのミーティングブースを使うのだが、二人だけなのにわざわざ会議室に呼ばれたのが解せなくて、嫌な予感がした。

「早速なんだが、里菜ちゃんとはどうなってるんだ」

「どうなってるって、特に変わりはないですけど」

里菜から気持ちが離れてしまったのに、それを切り出すことができないまま、結婚式の案内状はすでに発送が終わり、すべてが予定通りに進んでいた。

部長には仲人を頼んで快諾された。その志賀から、どうなっていると問われても、とりあえずとぼけるしかなかった。

志賀は少し苛ついたように眉間に皺を寄せた。

「里菜ちゃんのお姉さん、佳純《かすみ》さんが武蔵小杉に住んでるんだが……」

達也は嫌な予感が的中したと思った。

武蔵小杉には真理子のマンションがあり、あれから何回か半休を取って通っている。一緒になることはできないと言われたが、それでもかまわないと食い下がると、彼女もそれ以上は拒まなかった。和彦のことを思い出して申し訳ないと言いながら、自身の肉体が達也を求めてしまうのを抑えられないのだという。

「結城が女の人と一緒にいるのを見かけたらしいんだ。それがかなり親しい関係のようなので、気になってわたしに相談してきたわけだ。要するに、ほかに女の人がいるんじゃないかって」

志賀に鋭い目を向けられ、達也はたじろいた。里菜の姉とはもちろん顔を合わせているが、武蔵小杉に住んでいるとは知らなかった。

「それを聞いてわたしもちょっと気になってね。このところ半休を取ることが増えただろう」

達也を紹介した手前、もしものことがあれば自分の責任なので、志賀は念のため素行調査を依頼して、先週、彼が休みの届けを出した日を先方に伝えたそうだ。運が悪いことに、その日は真理子の自宅ではなく、ホテルで会っていた。彼女の家なら弁解は可能かもしれないが、ホテルで部屋を取って会ったのだから言い逃れはできなかった。

「相手は人妻だという報告を受けたんだが、写真の顔にどこか見覚えがあったんで、誰だったかなと思ってね……」

亡くなった兄の奥さんとわかって志賀は驚いた、と同時に呆れもしたという。すべてを知られて達也は窮地に追い込まれた。表向きは反省したことにするか、あるいはこれが結婚を取りやめる最大にして最後のチャンスかもしれない、という気もした。いずれにしろ、真理子を諦めることは選択肢になかった。

「婚約を解消するわけにはいきませんか」

思いきって本音を口にした。すると、志賀の顔がみるみる赤く茹って、目が吊り上がった。

「バカ野郎！　なにを血迷ったこと言ってるんだ。相手はすでに再婚してる人じゃないか。里菜ちゃんには内緒にしてやるから、ちゃんと清算しておけ。佳純さんにも、心配ないと言っておくから。わかったな」

これまで見たことのなかった志賀の剣幕に押され、達也は仕方なく頷いた。

しばらくすると志賀の怒りは治まったが、いまひとつ信じきれないような目で彼を見ていた。

それから達也は半休を取るわけにいかなくなり、幼稚園が夏休みに入ったこともあって、真理子と会うことはできなくなった。

部長に知られてしまい、もう平日に休みを取れないことを彼女に伝えると、しばらくしてから電話があり、土曜日の午前中に会えないかと言ってきた。幼稚園は月に二回、多いときで三回、土曜が半日登園になっていて、美和をバスに乗せてから迎えに行くまでのわずか三時間ほどだが、自由になるというのだ。

そのとき坂元が休日出勤で出かけていれば家に来てくれていいし、在宅の予定であれば適当に理由を考えるから外で会うこともできると言った。

三時間はやや忙しないかもしれないが、わずかな時間を見つけて会うのは、密会の雰囲気が色濃くてスリリングだし、何より真理子がそうして会うための算段をしてくれたことがうれしかった。

達也は内心では、志賀が本当に彼女との関係を断てるのか疑っている様子なのを気にしていたが、土曜日に会うチャンスがあるとは部長も思っていないだろうと、希望的な推測に行き着いた。

九月になって美和がまた幼稚園に通うようになると、達也は早速、半日登園の日に真理子を訪ねた。インターフォンを押すと、応答がないままドアが開いた。

「どうぞ」

玄関に入るなり、真理子が抱きついてきた。達也も背中に腕を回して、しっかりと抱き合った。

「起きてからまだ二時間しかたってないのに、一日が終わってしまいそうなくらい長く感じたわ」

「それはまたオーバーなことを」

そう言いながら、達也もこうして会うまでが待ち遠しかった。ほぼ二カ月ぶりだったからだ。

真理子はふっと笑みを洩らし、くちびるを重ねた。達也が舌を入れると、押し返すように舌が伸びて、ねっとりとからめてきた。

ブラウスの上からバストを揉みあやすと、真理子の甘い吐息が口いっぱいに広がった。達也はブラウスのボタンをひとつ、ふたつ、三つと外し、谷間のフックも外した。カップを退けると、整ったお椀型の乳房が転び出た。

シミひとつないきめ細かな肌は、手に貼りつくように滑らかだ。柔らかさを味わいながら揉みあやすと、やんわり押し返す弾力が心地いい。指の間からむにっと溢れ出ては戻り、溢れては戻りして自在に形を変える。

揉み回す指に触れる突起はすでに硬く痼っていて、摘まんでくりくり転がすと、

「あぁんっ……」

真理子は甘い声を上げて肩を縮かめた。なおも荒く揉み回し、きゅっと強く抓ると、声を殺して身をくねらせる。

「ああ、いやぁ……んんっ……」

「ホントは気持ちいいくせに……」

真理子は乳首を強く抓られたり咬まれたりといった刺激が、たまらなく好きな女だった。達也はそれを彼女自身の口から聞いた。しかも、

『和彦は強く咬む力加減が絶妙だった』

などと、兄の愛撫や攻め方を具体的に教えるので、兄と同じことをやってみたり、違う攻め方を試行したりしてきた。真理子は和彦のやり方を教えることで、達也を煽っている面もあるようだが、彼はそれを甘受した。

兄がやったことを真似るのは、以前は絶対に嫌だと思っていたが、いまは平気でできている。それは彼女が、達也に抱かれているときでも和彦のことを思っていると告白したことで、意地を張る意味がなくなったからだった。

しかもいまは、自分の愛撫で兄を思い出してくれることが、ある意味で優越感にもなっていた。

彼女は坂元の性技が拙いからこそ、和彦が刻み込んだ快楽の記憶を忘れないでいられると思っているそうだ。達也は逆に、和彦との甘い記憶を思い起こさせてくれる、かけがいのない存在ということらしい。

だから、再婚相手の坂元のことはまったく度外視して、意識の外に追いやることができていた。

「もうこんなに硬くなってるのはどうして？　オレが来るのが待ち遠しくて、自分でいじってたのかな」

「知らないわ、そんな……あああんっ……」

爪を立てて乳首を抓ると、がくっと首を垂れて肩を戦慄かせた。さらに口に含んで、歯を立ててぐりぐり咬み転がすと、腰までがくがく揺れはじめた。和彦の絶妙な力加減というのを、達也はすでに歯と顎で覚えている。

両方の乳首を交互に攻めながら、真理子の背中から腰、ヒップへと愛撫の手を這い進める。すると、ヒップを撫でても下着の感触がないことに気づいた。Tバックかもしれないとヒップの割れ目をさぐってみても、触れるものは何もない。

「穿いてないのか……いったい、いつ脱いだんだ？　ピンポンが鳴って、急いで脱いだとか……」

真理子は首を振って、頬を微かに上気させた。

「脱いだわけじゃなくて……穿いてないの」

「どういうこと？」

「朝、起きたときからずっと、あなたが来ることを考えてて……だから穿かないで待ってたの」

「てことはつまり、美和ちゃんをバスポイントまで送って行ったときも、ノーパンだったってことか……ヘンタイだね」

達也はうれしくなって、スカートを捲り上げて手を入れた。生の太腿に触れた、と思ったらすぐに秘毛のざらつきが指をくすぐった。その下の肉が湿っているように感じたので、奥をさぐってみると、ぬめっと指先が滑った。

「濡れてるのか……」

真理子はさらに頬を赤くして、目に媚笑を浮かべた。

「今日はなにをしてくれるんだろうって、いろいろ考えているうちに、濡れてしまって……」

「捲って、よく見せてよ」

彼女から少し離れて、膝丈のスカートを顎で指した。真理子は熱で浮かされたように上気して、両手でスカートを手繰った。生の太腿が露わになり、続いて黒々と秘丘を覆う毛叢が丸見えになった。

朝の自宅の玄関でスカートの中を晒して見せる美熟女は、なかなか淫靡な雰囲気をまとっている。だが、

「見せてって言ったのは、そこじゃなくて、濡れてる部分のことだよ」

「でも、どうやって？」

真理子が場所を変えようか迷っているので、シューボックスの横の傘立てを指さした。

「そこに片足乗せたらどうかな」

真理子はスカートを捲ったまま、左足を傘立ての縁に乗せた。間近に寄ってしゃがむと、彼女は毛叢をかき上げて、秘裂がよく見えるようにしてくれた。

「ホントだ、すごい。見るからに、ぬるぬるだね」

達也が顔を近づけると、肉びらを自ら指で広げて見せた。仄かに磯の香りが漂って、くんくん鼻を鳴らして息を吸い込むと、頭上で真理子の息が乱れた。

「触ってくれないの？」

「自分で触ればいいじゃないか。好きでいつもやってることだろう？」

意地悪く言うと、右手をしのばせて肉びらを擦りだした。とたんに指が濡れて、すぐ全体に蜜が行き渡った。そうなると肉の芽までぬるっと滑って、さも気持ちよさそうだ。

達也は股間がむずむず疼いて、血流が集まるのを感じた。摑み出すなら、ここよりソファがいい。

移動を促すと、真理子はスカートを腰まで捲ったままリビングのソファへ移った。初めて彼女を抱いたそのソファが、いまも二人の場所だった。真理子は左足をソファに乗せ、空いた右手で肉びらをこね回しながら、達也もペニスをしごいて見せてほしいと言った。

達也はズボンもブリーフも脱いで、ソファに右足を乗せて向かい合って座り、ペニスをしごいた。ようやく芯が通りそうなところだったが、彼女のいやらしい指の動きを見せられると、みるみる硬く膨張していく。

相互オナニーなんて、達也はいままでしたことがなかった。

「和彦が言いだしたのよ、これ。見せっこも意外と昂奮するんじゃないかって」

真理子の言う通り、というか厳密に言えば和彦の言った通りで、やっているうちにどんどん昂奮してくる。

「いじるのも好き、見られるのも昂奮するって人にはうってつけだね」

「実を言うと、和彦も見られて昂奮するタイプだった」

「それは知らなかった」

「やっぱり、兄弟って似てるわね」

あっと言う間に硬くいきり立ったペニスを、真理子はもの欲しそうな目で見ている。考えてみれば、勃起したペニスを真理子に見せた、八年前のあの夜から、すべてが始まっているのだった。

「もう元気になったのに、まだ続けるのね……」

「真理子さんだって、もうぐしょぐしょなのに……」

二人ともかなり昂ぶって、もういつでも繋がれる状態にもかかわらず、まだオナニーを続けていた。それがお互いを焦らすことになるのを、よくわかっている

からだが、

「もういいでしょ、入れてぇ……」

先に我慢できなくなったのは真理子の方だった。達也も突き入れたくて仕方ないが、ここでさらに堪えれば快感はいっそう高まると、もう一人の自分が囁いた。

「じゃあ、入れてあげようか」

同意したように言うと、真理子は両足をソファに載せて大きく開いた。その前に腰を据えて、達也はペニスをあてがう。だが、赤みがかった媚肉に亀頭を押し当て、すりすり擦り回すだけで、挿入はしなかった。

「あああ、またそんな……ああ、いやぁ……」

焦らされるとわかって、真理子はせつなげに悶えるが、むしろこれを望んでいることを達也は充分心得ている。

肉溝を擦って、思わせぶりに蜜穴へ押し込むそぶりだけを見せる。やめると真理子は狂おしく悶えたが、亀頭でクリトリスをぐりぐりやると、気持ちよさそうに腰を波打たせる。それでまだ高まって、挿入をせがむようになった。

「お願いよ……欲しいの……そんなに焦らさないで、早くぅ……」

「わかったから、そんなに急かさなくたって……」

何度かそんなやり取りを繰り返すうちに、溢れた愛蜜で花びらやその周りがべとべとになった。それどころか、肛門を伝ってソファにまで垂れている。

達也は花びらだけでなく、蕾のようなすぼまりにまで亀頭を擦りつけた。

すると、きゅっとさらにすぼまったり、緩んだりして、呼吸しているみたいに動いた。すぐ上の花びらも、開きかけたり閉じたりをゆっくり繰り返している。

「ダメよ、そこは……入らないわ……」

「入らないって……入れようとしたことはあるんだ？」

「あるけど、ダメだった。無理をすると切れてしまいそうで」

アナルセックスの経験はないし、やってみたいと思ったこともないが、真理子が未経験と聞いて、達也は俄然興味が湧いてきた。それはつまり、兄がやっていないとわかったからだ。

「ちょっとやってみようか？」

「無理よ、そんなの……普通でいいから早くしてぇ……」

甘えた声でせがまれても、いったん興味が湧くと抑えが利かなかった。花蜜でぬるぬるして気持ちいいこともあって、亀頭をアヌスにあてがい、ぐりぐり押してみる。すると、わずかながらへこむ感じがして、何とかなりそうに思えた。

「これ、行けるんじゃないか……」

真理子の右脚を肩に担いで体勢を安定させると、少し尻を浮かせてペニスの角度を調整した。

「本気でするつもり？　たぶん無理だから、やめて普通にして」

「試しにちょっとやってみるだけだよ」

「そんなのダメよ、入りっこないわ……ああん……」

それは無理だと言いながら、真理子は肛門の力を抜いてくれたようだった。硬い竿を握って慎重に押すと、すぼまりを広げて先端がめり込みそうだった。

亀頭の三分の一くらいまでが沈みかけ、真理子は息を殺して受けとめようとしている。達也は角度に注意しながらなおも押し続けた。

ところが、括約筋を割りそうな気配はあるものの、実際に潜り込むのはかなり難しい。最後のひと押しの前で弾き返されてしまうのだ。

なかなか巧く行かなくて焦れてくると、しだいに勃起力も弱まりはじめた。

──やっぱり無理なのか……。

だが、半ば諦めかけたところで、思いがけないことを発見した。硬く張りきった亀頭は入りそうになかったが、少し柔らかく、太さも七分程度になると、指を使って押し込めば何とかなりそうな感じがするのだ。

気を取り直してもう一度試みると、先端が硬い輪の中に半分くらい潜っていく。もうひと息だと思い、より慎重に押し込もうとした。だが、竿は硬さを失いつつあって、強く押すことができない。もう少しというところで足踏みしているうちに焦りを感じて、ペニスはさらに力を失ってしまった。ギンギンに硬いと入らないが、柔らかくなりすぎても難しく、達也はジレンマにあえいだ。

すると、とうとう真理子が焦れてしまった。

「もうダメ、我慢できない……」

呟きながらソファから下りると、入れ替わって達也を座らせ、さっきまでアヌスにあてがっていたペニスにぱくっと食らいついた。先端だけを口に含んで、巨大な飴玉をしゃぶるみたいに、舌と上顎でもぐもぐやっている。

一緒に睾丸を指であやされると、背筋がぞくぞくして気持ちいい。さらにシャツの上から乳首をくすぐられ、ペニスは瞬く間に硬くいきり立った。

「すぐ元気になるわね。うれしい……」

真理子は蕩けそうな目でペニスを見つめ、達也にも艶やかな笑みを投げてよこした。じっと見つめたまま腰に跨ると、スカートの中に手を入れ、竿を摑んで秘穴にあてがった。ゆっくり腰を沈め、ぬめった肉壺でペニスを咥え込んでいく。

「あああん、あんっ……あんっ……あんっ……」

奥まで迎え入れると、腰を上下に揺らし、切れ切れにあえぎ声を上げる。対面座位で合体したら、あとは完全に真理子のペースだった。ペニスが気持ちよく擦れる角度と深さをさがしながら、自由に動き回っている。

「あああ、そんなことすると、すぐイッちゃうよ……あああっ……」

達也は高まる快感にあえぐばかりで、彼女を止められない。何度も焦らされ、待たされただけあって、いったん自分がペースを握ると、あとは好きなだけ快楽を貪り続けるつもりらしい。

腰使いは上下動から前後動に変わり、くいくいっと小気味よく揺れる。腰を反らして、ペニスの先端が内壁の感じやすいポイントで擦れるようにしている。小幅な動きながら、スピードはどんどん増していった。

彼女は上も下も普段の着衣のままだから、その腰つきが妙にいやらしく、見ているだけでも昂奮させられる。

加えてペニスは心地よく締めつけられ、中では妖しい蠢動が立て続けに起きるので、達也も快感がぐんぐん高まった。いったん射精欲が兆すと、肛門を強く締めて我慢するくらいしか術がない。

「ホントにイクよ、あああっ……」

激しい噴出が起きても真理子はまだ動き続け、ペニスから一滴残らず精液を搾り取ろうとしているかのようだ。

「ううぅっ……ああ……」

達也は目も眩む快感に、ただうめくしかなかった。ソファに座ったまま硬直していると、やがて真理子も大きく腰を跳ね上げて、動かなくなった。

しっかり抱き合ったまま、達也は濡れた肉同士の密着感と快楽の余韻をしばらく味わっていた。肉体だけでなく、心も強い絆で結ばれているのを感じて、言い知れぬ至福感が胸を満たしていく。そして、兄がやれなかったアナルセックスを、いつか必ずやり遂げようと心に決めた。

ふいに里菜の顔が浮かんで、また少し申し訳ない気持ちになった。こんなことを続けていると、いつか予想もしない出来事が起きて、破滅的な状況に陥るのではないか――そんな不安が胸に兆した。

だが、真理子の肌から匂うほんのりと甘い、花のような香りに包まれると、そうなってもこの人と一緒ならかまわない、という安らいだ気分になれるのだった。

＊この作品は、書き下ろしです。また、文中に登場する団体、個人、行為などは実在のものとはいっさい関係ありません。

二見文庫

兄《あに》嫁《よめ》・真《ま》理《り》子《こ》の手《て》ほどき

著者　深草潤一《ふかくさじゅんいち》

発行所　株式会社 二見書房
東京都千代田区三崎町2-18-11
電話　03(3515)2311［営業］
03(3515)2313［編集］
振替　00170-4-2639

印刷　株式会社 堀内印刷所
製本　株式会社 村上製本所

ISBN978-4-576-16084-9
http://www.futami.co.jp/

二見文庫の既刊本

叔母　もっと奥まで

FUKAKUSA,Junichi
深草潤一

三年ぶりに再会した憧れの叔母・佳世子。ところが、彼女は直樹の目の前で、大腿の付け根を見せつけるようにお尻を蠢かすのだった。その光景に心を奪われ、彼は自室で自らを爆発させるが、彼女にマッサージを頼まれて……。佳世子も、女体のこと、セックスのことを教え込みつつ、さらなる性の深淵へと……人気作家による傑作官能！